vá
aonde
seu
coração
mandar

vá aonde seu coração mandar

Susanna Tamaro

Tradução
Mario Fondelli

1ª edição
Rio de Janeiro-RJ / São Paulo-SP, 2023

VERUS
EDITORA

Título original
Va' dove ti porta il cuore

ISBN: 978-65-5924-148-4

Copyright © Susanna Tamaro, 1994
Todos os direitos reservados.
Direitos de tradução para o português acordados por intermédio de Vicki Satlow, The Agency srl.

Tradução © Verus Editora, 2023
Direitos reservados em língua portuguesa, no Brasil, por Verus Editora. Nenhuma parte desta obra pode ser reproduzida ou transmitida por qualquer forma e/ou quaisquer meios (eletrônico ou mecânico, incluindo fotocópia e gravação) ou arquivada em qualquer sistema ou banco de dados sem permissão escrita da editora.

Verus Editora Ltda.
Rua Argentina, 171, São Cristóvão, Rio de Janeiro/RJ, 20921-380
www.veruseditora.com.br

**CIP-BRASIL. CATALOGAÇÃO NA FONTE
SINDICATO NACIONAL DOS EDITORES DE LIVROS, RJ**

T155v
  Tamaro, Susanna
     Vá aonde seu coração mandar / Susanna Tamaro ; tradução Mario Fondelli. - 1. ed. - Rio de Janeiro : Verus, 2023.

  Tradução de: Va' dove ti porta il cuore
  ISBN 978-65-5924-148-4

  1. Ficção italiana. I. Fondelli, Mario. II. Título.

22-81386   CDD: 853
              CDU: 82-3(450)

Gabriela Faray Ferreira Lopes - Bibliotecária - CRB-7/6643

Revisado conforme o novo acordo ortográfico.

Seja um leitor preferencial Record.
Cadastre-se no site www.record.com.br e receba informações sobre nossos lançamentos e nossas promoções.

Atendimento e venda direta ao leitor:
sac@record.com.br

Para Pietro

Ó Shiva, que é a tua realidade?
Que é este universo cheio de espanto?
Que forma a semente?
Que serve de eixo para a roda do universo?
Que é esta vida além da forma que imbui as formas?
Como podemos entrar nela plenamente, além do
espaço e do tempo, dos nomes e das particularidades?
Esclarece as minhas dúvidas!

— De um texto sagrado do shivaísmo da Caxemira

Opicina, 16 de novembro

Já faz dois meses que você partiu, e há dois meses, exceto por um cartão em que me dizia ainda estar viva, não tenho notícias suas. Esta manhã, no jardim, fiquei um bom tempo diante da sua rosa. Apesar de o outono já estar adiantado, ela continua se destacando, com a sua cor púrpura, altiva e solitária, do restante da vegetação, já apagada. Lembra-se de quando a plantamos? Você estava com dez anos e acabara de ler O *pequeno príncipe*. Tinha sido o meu presente por ter passado de ano. Você ficou fascinada com a história. Entre todos os personagens, os seus preferidos eram a rosa e a raposa; não gostava, por sua vez, dos baobás, da serpente, do aviador nem de todos aqueles homens vazios e cheios de empáfia que vagavam montados em seus minúsculos planetas. E um belo dia, enquanto tomávamos café, você disse: "Quero uma rosa". Diante da minha objeção de que já tínhamos muitas, respondeu: "Quero uma que seja só minha, quero cuidar dela até ficar grande e bonita". Obviamente, além da rosa, também queria uma raposa. Com a esperteza das crianças, começara com o desejo simples para só depois chegar ao quase impossível. Como poderia eu recusar-lhe a raposa, se já tinha lhe concedido a rosa? Ficamos conversando um bom tempo a respeito, até chegarmos a um acordo: optamos por um cachorro.

Na noite antes de irmos buscá-lo, você não pregou os olhos. A cada meia hora, batia à minha porta, dizendo: "Não consigo dormir". Na manhã seguinte, às sete, já tinha tomado café, já tinha se lavado, já estava vestida. De sobretudo, esperava por mim sentada na poltrona. Às oito e meia, estávamos diante do abrigo de animais; ainda estava fechado. De rosto grudado na grade, você dizia: "Como é que eu vou saber qual é o meu?" Sua voz estava cheia de ansiedade. Eu procurava acalmá-la, não se preocupe, dizia, lembre-se de como o Pequeno Príncipe domesticou a raposa.

Voltamos ao abrigo de animais três dias seguidos. Havia mais de duzentos cães. Você parava diante de cada jaula, queria vê-los todos, ficava ali, imóvel e compenetrada, numa aparente indiferença. Enquanto isso, os cães se jogavam contra a grade, latiam, davam pulos, procuravam derrubar o cercado com as patas. A encarregada do canil estava conosco. Pensando que você era uma menina como as outras, para despertar o seu interesse apontava os exemplares mais bonitos: "Olha só aquele cocker", dizia. Ou então: "O que acha daquela lassie?" Sua resposta se limitava a uma espécie de grunhido, e você seguia adiante sem prestar atenção.

Encontramos Buck no terceiro dia daquele calvário. Estava num dos boxes dos fundos, onde costumavam deixar os animais convalescentes. Quando nos aproximamos da grade, em vez de correr para nós como os demais, ficou sentado, sem sequer levantar a cabeça. "Aquele ali", você exclamou, apontando com o dedo. "Quero aquele cachorro ali." Lembra a cara de espanto da mulher? Não conseguia entender por que você queria ficar com aquele animalzinho horroroso. Sim, porque Buck era de porte pequeno, mas em sua pequenez englobava quase todas as raças do mundo. A cabeça de pastor-alemão, as orelhas baixas e macias de cão de caça, as patas tão arrojadas quanto as de um bassê, o rabo bufante como de raposa, o pelo preto e lustroso como de dobermann. Ao voltarmos ao escritório para assinar os papéis, a funcionária nos contou a história dele. Tinha sido jogado de um carro em movimento no começo do verão. O voo provocara ferimentos sérios, por isso uma das patas de trás balançava como morta.

Agora Buck está aqui ao meu lado. De vez em quando, enquanto escrevo, suspira e aproxima a ponta do nariz da minha perna. O focinho e as orelhas já estão quase inteiramente brancos, e nos olhos, de uns tempos para cá, tem aquele véu que aparece nos cães velhos. Fico muito comovida só de olhar para ele. É como se aqui ao meu lado estivesse uma parte de você, a parte que mais amo, aquela que há tanto tempo soube escolher, entre os duzentos cães do abrigo, o mais feio e infeliz.

Nestes meses, perambulando pela solidão da casa, os anos de incompreensões e mau humor da nossa convivência desapareceram. As lembranças que pairam à minha volta são as de você menina, criançola vulnerável e perdida. É a ela que escrevo, não à pessoa armada e arrogante dos últimos tempos. Foi a rosa que me deu a ideia. Esta manhã, ao passar perto dela, falou-me: "Pega uns papéis e escreve para ela". Sei que entre nossos acordos, quando de sua partida, estava o de nunca mais nos escrevermos, e mesmo contra a minha vontade vou respeitá-lo. Estas linhas jamais alçarão voo para chegar a você na América. Se quando você voltar eu não estiver mais aqui, pelo menos elas a estarão esperando. Por que digo isso? Porque há menos de um mês, pela primeira vez na vida, passei realmente mal, de forma grave. Por isso mesmo, agora sei que entre todas as coisas possíveis também há esta: daqui a seis ou sete meses poderei não estar aqui para lhe abrir a porta e abraçá-la. Uma amiga me contou há algum tempo que, nas pessoas que nunca sofreram de nada, a doença, quando vem, se manifesta de modo imediato e violento. Foi justamente o que aconteceu comigo: um belo dia, regando a rosa, de súbito alguém apagou a luz. Não fosse pela mulher do senhor Razman, que me viu através da cerca que separa os nossos jardins, a esta altura você por certo estaria órfã. Órfã? É assim que se diz quando morre uma avó? Não tenho certeza. Talvez os avós sejam considerados tão acessórios que não mereçam um termo específico para indicar sua perda. De avós ninguém fica órfão nem viúvo. Deixamo-los ao longo do caminho de forma natural, tal como deixamos pelo caminho, por distração, os guarda-chuvas.

Ao acordar no hospital, não me lembrava de coisa alguma. Ainda de olhos fechados, tinha a impressão de que me haviam crescido bigodes longos e finos, bigodes de gato. Assim que os abri, percebi tratar-se de dois tubinhos de plástico; saíam do nariz e corriam por sobre os lábios. Estava cercada de máquinas estranhas. Dias depois, fui transferida para um quarto normal, onde já havia mais duas pessoas. Um dia, o senhor Razman foi me visitar com a mulher. "A senhora está viva", contou, "graças ao seu cachorro, que não parava de latir."

Quando já estava pronta para me levantar da cama, entrou no quarto um jovem médico que eu vira antes, durante as visitas. Pegou uma cadeira e se sentou ao meu lado. "Já que a senhora não tem parentes que possam se responsabilizar e tomar uma decisão", disse, "terei de falar sem intermediários nem meias palavras." Enquanto falava, mais que escutá-lo, eu olhava para ele. Tinha lábios finos e, como você bem sabe, nunca gostei de pessoas de lábios finos. No entender dele, meu estado de saúde era tão grave que não me permitia voltar para casa. Mencionou dois ou três asilos com assistência médica em que eu poderia morar. Só de olhar para mim, deve ter imaginado o que eu achava daquilo, pois logo acrescentou: "E não pense nos hospícios de antigamente, agora é tudo diferente, há aposentos iluminados, grandes jardins em volta por onde passear". "Doutor", disse eu então, "o senhor conhece os esquimós?" "Claro que conheço", respondeu, levantando-se. "Pois procure entender, quero morrer como eles", e, uma vez que parecia não compreender, acrescentei: "Prefiro cair de cara entre as abobrinhas da minha horta a viver um ano mais presa a uma cama, num quarto de paredes brancas". Àquela altura, ele já estava perto da porta. Sorria com uma careta maldosa. "É o que todos dizem", sentenciou antes de desaparecer, "mas, quando chega a hora, vêm todos correndo para cá, amedrontados, para que cuidemos deles."

Três dias depois, assinei um papel ridículo no qual declarava que, em caso de morte, a responsabilidade seria minha, somente minha. Entreguei-o a uma jovem enfermeira de cabeça pequena e dois enormes brincos de ouro e, com as minhas poucas coisas reunidas num saquinho plástico, me encaminhei para o ponto de táxi.

Assim que Buck me viu surgir na cancela, começou a perseguir o próprio rabo como um lunático; para confirmar sua felicidade, destruiu, latindo, dois ou três canteiros. Dessa vez nem tive coragem de gritar com ele. Quando chegou perto com o nariz sujo de terra, eu disse: "Está vendo, meu velho? Estamos mais uma vez juntos", e passei a mão atrás de suas orelhas.

Nos dias seguintes, não fiz quase nada. Depois do desmaio, o lado esquerdo do meu corpo já não responde como antigamente às minhas ordens. Principalmente a mão se tornou muito lenta. E, por ficar furiosa quando me vence, faço o possível para usá-la mais que a outra. Prendi uma fitinha rosa no pulso, de maneira que toda vez que preciso pegar alguma coisa lembro que devo usar a esquerda em lugar da direita. Enquanto o corpo funciona, não percebemos o inimigo formidável que ele pode ser. Se vacilarmos ainda que um só instante na vontade de contrariá-lo, já estaremos perdidos.

Seja como for, diante da minha autonomia reduzida, dei uma cópia das chaves à mulher do Walter. Vem me ver todos os dias e traz tudo de que preciso.

Vagando entre a casa e o jardim, a lembrança de você se tornou insistente, uma verdadeira obsessão. Já me aproximei muitas vezes do telefone com a intenção de lhe mandar um telegrama. Toda vez que a telefonista atendia, no entanto, decidia não fazê-lo. À noite, sentada na poltrona — diante de mim o vazio, e em volta o silêncio —, eu me perguntava o que seria melhor. O que seria melhor para você, é claro, não para mim. Para mim, obviamente, seria muito melhor partir com você ao meu lado. Tenho certeza de que, se tivesse lhe falado da minha doença, você teria interrompido de imediato a sua permanência nos Estados Unidos e viria correndo. Mas e aí? E se depois eu vivesse mais três ou quatro anos, quem sabe numa cadeira de rodas, ou totalmente caduca? Você, coitadinha, ficaria tomando conta de mim por obrigação. Poderia fazê-lo por dedicação, mas com o passar do tempo tal dedicação se tornaria raiva, ódio. Ódio, porque os anos iriam passar e você desperdiçaria a sua juventude; porque o meu amor, como um bumerangue, levaria a sua vida para um beco sem saída. Era isso que dizia dentro de mim a voz que não queria telefonar. Decidindo que ela tinha razão, na mesma hora me surgia na mente uma voz contrária. O que seria da minha menina, dizia a mim mesma, se ao abrir a porta, em lugar de encontrar a mim e a Buck festivos, deparasse com a casa vazia e abandonada? Haverá coisa mais terrível que uma volta que não se consegue levar a cabo? Se fosse alcançada, lá longe, por um telegrama com a notícia do meu falecimento, não iria pensar numa espécie de traição? Numa vingança? Como nos últimos tempos você se portara de modo bastante rude comigo, eu estaria encontrando um jeito de puni-la com a minha saída de cena sem avisar. Isso não teria sido um bumerangue, mas uma voragem, e acredito ser quase impossível sobreviver a algo assim. O que gostaríamos de dizer ao ente querido fica para sempre encerrado dentro de nós; o outro está lá, debaixo de alguns palmos de terra, e você já não pode fitá-lo nos olhos, abraçá-lo, dizer-lhe aquilo que ainda não disse.

Os dias passavam, e eu não conseguia tomar uma decisão. E então, esta manhã, a sugestão da rosa. Escreva uma carta, um pequeno diário dos seus dias que faça companhia a ela. E aqui estou eu, na cozinha, com um velho caderno seu na minha frente, a mordiscar a caneta como uma criança que não consegue fazer o dever de casa. Um testamento? Não, não exatamente, talvez algo que permaneça no tempo, algo que você poderá ler toda vez que quiser a minha companhia. Não se preocupe, não pretendo palestrar nem entristecê-la; desejo apenas bater um papo com a intimidade que antigamente nos unia e que, nos últimos anos, acabamos perdendo. Por ter vivido muito e deixado atrás de mim tantas pessoas, já sei que os mortos não pesam tanto pela ausência quanto por aquilo que, entre eles e nós, não foi dito.

Veja bem, acabei tendo de ser mãe para você já tarde na vida, numa idade em que as pessoas costumam ser apenas avós. Isso acabou sendo muito vantajoso. Para você, pois uma avó-mãe é sempre mais cuidadosa e paciente que uma mãe-mãe, e para mim, que, em vez de ficar caduca como as mulheres da minha idade, entre um joguinho de canastra e a matinê teatral, fui de novo puxada com força para o fluxo da vida. A certa altura, no entanto, alguma coisa se quebrou. A culpa não foi minha nem sua, mas tão somente das leis da natureza.

A infância e a velhice se parecem. Em ambos os casos, por motivos diferentes, somos bastante vulneráveis, ainda não somos — ou já deixamos de ser — partícipes da vida ativa, o que nos permite viver com a sensibilidade aberta, espontânea. É durante a adolescência que uma couraça invisível começa a se formar ao nosso redor. Forma-se durante a adolescência e continua endurecendo por toda a vida adulta. O processo do seu crescimento é um tanto parecido com o das pérolas: quanto maior e mais profunda a ferida, mais forte a couraça que se forma em volta. Mais tarde, no entanto, como uma roupa que se usou demais, nos pontos de maior atrito começa a se desgastar, deixa entrever a trama, rasga de repente a qualquer movimento brusco. No começo nem nos damos conta, ainda nos achamos totalmente envolvidos pela couraça, até que um dia, diante de alguma coisa boba e sem saber por que, de repente choramos como uma criança.

Assim, quando afirmo que entre nós duas surgiu uma divergência natural, é justamente isso que quero dizer. Na época em que a sua couraça começou a se formar, a minha já estava em frangalhos. Você não suportava as minhas lágrimas, e eu, a sua dureza repentina. Embora eu estivesse preparada para a possibilidade de você mudar de caráter com a adolescência, quando isso de fato se deu, foi para mim muito difícil aceitar. Subitamente havia uma nova pessoa diante de mim, alguém que eu já não sabia como tratar. À noite, na cama, na hora de juntar os pensamentos, eu me sentia feliz com o que estava lhe acontecendo. Dizia a mim mesma que quem supera a adolescência ileso jamais poderá realmente crescer. Mas na manhã seguinte, quando você me batia a primeira porta na cara, que depressão, que vontade de chorar! Não encontrava em lugar algum a energia necessária para enfrentá-la. Se viver quanto vivi, perceberá que aos oitenta anos uma pessoa se sente como as folhas no fim de setembro. A luz do dia dura menos, e a árvore pouco a pouco passa a chamar para si as substâncias nutrientes. Nitrogênio, clorofila e proteínas são chupados pelo tronco, e com eles também desaparecem o verde, a elasticidade. Ainda ficamos penduradas lá em cima, mas já sabemos que se trata apenas de uma questão de tempo. Uma após outra, caem as folhas vizinhas, você as vê cair e fica apavorada, temerosa de que comece a ventania. Para mim o vento era você, a vitalidade agressiva da sua adolescência. Já se deu conta disso, querida? Vivíamos na mesma árvore, mas em estações diferentes.

Volta à mente o dia da sua partida: lembra como ambas estávamos nervosas? Você não me deixou levá-la ao aeroporto, e cada coisa que lhe pedia para não esquecer provocava em você a mesma resposta: "Estou indo para a América, não para o deserto". Quando da porta, com a minha voz odiosamente estridente, gritei: "Cuide-se bem", você se despediu sem se virar, dizendo: "Cuide de Buck e da rosa".

Para dizer a verdade, na hora fiquei um tanto decepcionada com a sua despedida. Velha e sentimental como sou, esperava um quê de diferente e mais banal, algo como um beijo ou uma frase carinhosa. Só à noite, quando perambulava de roupão pela casa sem conseguir dormir, percebi que cuidar de Buck e da rosa queria dizer cuidar da sua parte que continua a viver ao meu lado, a sua parte feliz. E também percebi que na rispidez daquela ordem não havia insensibilidade, mas a tensão extrema de quem está prestes a chorar. É a tal couraça de que falei. Por enquanto, a sua lhe fica tão justa que você quase não consegue respirar. Lembra-se do que eu costumava lhe dizer nos últimos tempos? As lágrimas que não saem se depositam no coração, com o passar do tempo se incrustam nele e o paralisam, tal como os depósitos calcários se incrustam e paralisam as engrenagens de uma máquina de lavar.

Já sei, esses meus exemplos tirados do universo das tarefas domésticas, em lugar de despertar o seu riso, simplesmente a deixam entediada. Paciência, cada um encontra inspiração no mundo que melhor conhece.

Agora preciso deixá-la. Buck suspira e olha para mim com olhos implorantes. Nele também se manifesta a regularidade da natureza. Não importa a estação, ele sabe a hora de papar com a precisão de um relógio suíço.

18 de novembro

Esta noite caiu uma chuva forte. Foi tão violenta que acordei várias vezes com o barulho que fazia batendo contra as janelas. De manhã, quando abri os olhos certa de que o dia continuava feio, fiquei um bom tempo me espreguiçando entre os cobertores. Como as coisas mudam com os anos! Quando tinha a sua idade, eu era uma espécie de marmota; se me deixassem em paz, podia dormir até a hora do almoço. Agora, ao contrário, já estou acordada antes do alvorecer. Com isso, os dias se tornam extremamente longos, intermináveis. Há algo de cruel nisso tudo, você não acha? Além do mais, as horas da manhã são as mais terríveis, nada existe que nos distraia, e ficamos sabendo que os pensamentos só podem se dirigir para trás. Os pensamentos de um velho não têm futuro. Via de regra, são tristes, melancólicos. Muitas vezes fiquei a ruminar sobre essa esquisitice da natureza. Há alguns dias, vi na televisão um documentário que me fez meditar bastante. Falava dos sonhos dos animais. Na hierarquia zoológica, a começar pelos pássaros, todos os animais sonham muito. Sonham os chapins e os pombos, os esquilos e os coelhos, os cães e as vacas deitadas nos campos. Sonham, mas nem todos da mesma maneira. Os animais que naturalmente costumam ser presas têm sonhos curtos e nervosos; mais que autênticos sonhos, são aparições. Os predadores, por sua vez, têm sonhos complicados e longos. "Para os animais", dizia o narrador, "a atividade onírica é um modo de organizar as estratégias de sobrevivência. Quem caça deve elaborar sempre novas formas de conseguir comida, já quem é caçado — e está acostumado a encontrar comida, como folhagens e ervas — só precisa pensar na maneira mais rápida de fugir." Ou seja, o antílope, dormindo, vê diante de si a savana aberta; o leão, por seu lado, numa contínua e variada sequência de cenas, vê todas as coisas que terá de fazer para conseguir comer o antílope. Então é isso, fiquei pensando comigo mesma, quando jovens somos carnívoros, quando velhos, herbívoros.

Pois quando envelhecemos, além de dormir pouco, não temos sonhos, ou, se os temos, talvez não consigamos lembrar. Na infância e na juventude, ao contrário, sonhamos muito mais, e os sonhos têm o poder de determinar o humor do dia. Lembra-se dos prantos que ultimamente acompanhavam o seu despertar? Ficava ali, sentada diante da sua xícara de café, e as lágrimas lhe escorriam silenciosas pelas faces. "Por que está chorando?", eu perguntava então, e você, desconsolada ou irada, dizia: "Não sei". Na sua idade, ainda há muitas coisas por serem arrumadas dentro de nós mesmos, há projetos e, nos projetos, inseguranças. A parte inconsciente não tem uma ordenação ou lógica suficientemente clara; aos cacos do dia, inchados e deformados, mistura as aspirações mais profundas, nelas insinuando as necessidades do corpo. Assim, se você estiver com fome, acabará sonhando com estar diante de uma mesa bem servida sem, todavia, conseguir comer; se estiver com frio, poderá imaginar que está no polo Norte sem nem ao menos um sobretudo; e, se foi vítima de uma injustiça, se tornará uma lutadora sedenta de sangue.

Que tipo de sonhos está tendo agora, aí entre os cactos e os caubóis? Gostaria de saber. Será que de vez em quando, quem sabe vestida de pele-vermelha, eu também apareço? Será que Buck aparece na pele de um coiote? Você está com saudade? Pensa em nós?

Veja só, ontem mesmo, enquanto lia sentada na poltrona, de repente ouvi na sala uma batida ritmada; tirei os olhos do livro e vi Buck, que, dormindo, batia a cauda no chão. Pela expressão de felicidade no focinho, creio que estava vendo você, talvez estivesse de volta e ele lhe fizesse festa, ou se lembrava de algum passeio particularmente bonito que fizeram juntos. Os cães são tão permeáveis aos sentimentos humanos. Com a convivência desde o mais longínquo passado, nos tornamos quase iguais. É por isso que muitas pessoas os detestam. Veem demasiadas coisas de si mesmas refletidas nos seus olhos ternamente submissos, coisas que prefeririam ignorar. Buck sonha muito com você nos últimos tempos. Eu não consigo, ou, se consigo, talvez não consiga lembrar.

Quando eu era menina, uma irmã do meu pai veio morar conosco durante algum tempo; acabara de ficar viúva. Tinha verdadeira paixão pelo espiritismo e, assim que meus pais se afastavam, me levava para os cantos mais recônditos e escuros e me ensinava os extraordinários poderes da mente. "Se quiser entrar em contato com uma pessoa distante", dizia, "deve segurar uma foto dela, fazer uma cruz com três passos e dizer: Eis-me aqui." Desse modo, na opinião dela, eu poderia me comunicar telepaticamente com a pessoa desejada.

Esta tarde, antes de começar a escrever, fiz exatamente como ela dizia. Deviam ser mais ou menos cinco horas, e aí onde você está ainda devia ser de manhã. Conseguiu me ver? Me ouvir? Eu a avistei num daqueles bares cheios de luzes e ladrilhos em que se comem sanduíches de almôndegas muito redondas; reconheci-a logo na multidão multicolorida porque você estava usando o último suéter que eu mesma lhe fiz, aquele com cervos vermelhos e azuis. A imagem, porém, foi tão curta e tão marcadamente parecida com aquelas dos seriados da TV que não deu tempo de ver a expressão em seus olhos. Está feliz? Só isso me interessa.

Lembra todas as discussões que tivemos para decidir se era ou não justo eu financiar essa sua longa permanência no exterior para estudar? Você afirmava que era absolutamente necessário, que para crescer e abrir a mente precisava ir embora, deixar o ambiente opressivo em que havia sido criada. Acabara de concluir a escola secundária e tateava na mais completa escuridão a respeito do que queria fazer no futuro. Quando menina, ficava entusiasmada com tudo: queria ser veterinária, exploradora, pediatra de crianças pobres. Desses desejos todos não restou nem mesmo a lembrança. A abertura inicial que você manifestara em relação aos seus semelhantes foi, com o passar do tempo, cada vez mais se fechando; tudo quanto era filantropia, desejo de comunhão, em pouco tempo se fez cinismo, solidão, concentração obcecada no seu destino infeliz. Quando por acaso a televisão dava alguma notícia particularmente cruel, você escarnecia da compaixão das minhas palavras, dizendo: "Na sua idade, ainda se espanta? Será que ainda não percebeu que a única coisa que governa o mundo é a seleção natural?"

Nas primeiras vezes, diante de observações desse tipo, eu ficava literalmente sem fôlego, parecia ter um monstro ao meu lado. Olhava para você de soslaio, sem dar a perceber, e perguntava a mim mesma de onde diabo você saíra. Eu lhe ensinara isso com o meu exemplo? Nunca lhe respondi, mas percebia que o tempo do diálogo já havia terminado e o que eu dissesse só iria resultar numa confrontação. Por um lado, tinha medo da minha própria fragilidade, da inútil perda de forças; por outro, percebia que a confrontação aberta era justamente o que você procurava, que depois da primeira haveria muitas outras, cada vez mais, cada vez mais violentas. Sob as suas palavras sentia fervilhar uma energia arrogante, prestes a explodir e que você mal conseguia conter. O meu aparar de arestas, a minha estudada indiferença aos ataques a forçaram a procurar outros caminhos.

Foi então que você começou a ameaçar partir, desaparecer da minha vida sem nunca mais dar notícias. Talvez estivesse contando com o desespero, com as humildes súplicas de uma velha. Quando eu lhe disse que partir poderia ser uma ótima ideia, você começou a vacilar, parecia uma cobra de cabeça erguida, pronta para dar o bote, que de uma hora para a outra já não vê diante de si a coisa contra a qual ia se lançar. Você começou a negociar, a fazer propostas as mais variadas e duvidosas, até o dia em que, na hora do café, anunciou com inesperada segurança: "Vou para a América".

Aceitei essa decisão como as demais, com cortês interesse. Não queria, com a minha concordância, induzi-la a escolhas apressadas, que você não sentisse bem no fundo da alma. Nas semanas seguintes, não parou de falar no projeto da América. "Se ficar um ano por lá", repetia obcecada, "pelo menos aprendo uma língua estrangeira e não perco o meu tempo." Ficava terrivelmente irritada quando eu lhe dizia que, afinal de contas, perder algum tempo não tinha a menor importância. Você chegou ao máximo da irritação, no entanto, no dia em que eu disse que a vida não é uma corrida, mas um tiro ao alvo: o que conta não é a economia de tempo, e sim a capacidade de encontrar um objetivo. Havia duas xícaras na mesa, você as fez voar, varrendo-as com o braço, e começou a chorar. "Sua idiota", dizia, escondendo o rosto entre as mãos. "Sua idiota. Será que não entende que é justamente isso que eu quero?" Durante semanas ficamos parecendo dois soldados que, após enterrarem uma mina num campo, prestam a maior atenção para não pisar nela. Sabíamos onde estava e o que era, e passávamos longe, fingindo que a coisa a recear fosse outra. Quando explodiu e você chorou dizendo que eu nada entendia, que nunca iria entender coisa alguma, tive de fazer um esforço imenso para não deixá-la perceber o meu espanto. Sua mãe, a maneira como concebeu você, a morte dela, jamais lhe falei de nada disso, e o fato de eu não tocar no assunto levou-a a pensar que para mim a coisa não existia, que eu não me importava. Acontece, porém, que sua mãe era minha filha, e talvez você não leve isso em conta. Ou talvez leve, mas em lugar de falar a respeito fica enrustida, e só assim consigo explicar alguns de seus olhares, certas palavras carregadas de ódio. Dela, a não ser o vazio, você não tem lembrança: ainda era muito pequena quando ela morreu. Eu, ao contrário, guardo na memória trinta e três anos de lembranças, trinta e três mais os nove meses em que a carreguei no ventre.

Como você pode pensar, então, que o assunto me deixa indiferente?

A razão de eu não enfrentar antes o assunto era apenas o pudor e uma boa dose de egoísmo da minha parte. Pudor já que era inevitável, ao falar dela, que também tivesse de falar de mim, das minhas verdadeiras ou supostas culpas; e egoísmo pois esperava que o meu amor fosse tão grande que compensasse a falta do dela, evitando que um dia você sentisse saudades dela e me perguntasse: "Quem era a minha mãe, por que morreu?"

Enquanto você era criança, nós duas fomos muito felizes. Você era uma menina cheia de alegria, mas na sua alegria nada havia de superficial, de óbvio. Uma alegria perenemente ameaçada pela sombra da reflexão; as suas risadas cediam lugar ao silêncio com surpreendente facilidade. "O que há, em que está pensando?", eu lhe perguntava então, e você, como se estivesse falando do lanche, respondia: "Estava pensando se o céu acaba ou se continua para sempre". Eu ficava orgulhosa por você ser assim, a sua sensibilidade se parecia com a minha, não me sentia adulta ou distante, e sim ternamente cúmplice. Era ilusão, queria me iludir de que assim seria para sempre. Mas infelizmente não somos seres suspensos em bolhas de sabão, a vagar felizes pelo ar. Há um antes e um depois na nossa vida, e esse antes e depois ata o nosso destino, cai em cima de nós como uma rede sobre a presa. Costumamos dizer que as culpas dos pais recaem sobre os filhos. É isso, é isso mesmo, as culpas dos pais recaem sobre os filhos, as dos avós sobre os netos, as dos bisavós sobre os bisnetos. Há verdades que trazem consigo um sentido de libertação, e outras que impõem o sentido do terrível. Esta pertence ao segundo tipo. Onde termina a cadeia de culpas? Com Caim? Será possível que tudo precise terminar tão longe? Há algo por trás disso tudo? Li uma vez num livro indiano que a sorte possui todo o poder, enquanto o esforço da vontade não passa de mero pretexto. Depois de ler isso, me senti invadida por uma imensa paz. Mas já no dia seguinte, umas poucas páginas adiante, li que a sorte nada mais é que o resultado das ações passadas; somos nós, com nossas próprias mãos, os responsáveis pelo nosso destino. E assim voltei ao ponto de partida. Onde está o fio da meada, perguntei a mim mesma. Um fio ou uma cadeia? Podemos cortá-lo, rompê-lo, ou estamos irremediavelmente presos a ele?

Por enquanto, quem corta sou eu. Minha mente já não é o que costumava ser; as ideias continuam lá, é claro, e mudou não a maneira de pensar, mas a capacidade de enfrentar um esforço prolongado. Agora estou cansada, sinto minha cabeça girar como quando, ainda jovem, procurava ler um livro de filosofia. Ser, não ser, imanência... Após umas poucas páginas, ficava tão atordoada como depois de uma viagem de ônibus por uma estrada cheia de curvas. Vou parar um pouco e me imbecilizar um tanto diante daquela amada e odiada caixa que fica na sala.

20 de novembro

Aqui estou de novo, neste terceiro dia do nosso encontro. Ou melhor, quarto dia e terceiro encontro. Ontem estava tão cansada que não consegui escrever nem ler nada. Sentindo-me inquieta e sem saber o que fazer, passei o dia todo entre a casa e o jardim. O ar estava muito brando, e nas horas mais quentes fiquei sentada no banco ao lado da forsítia. Ao meu redor, o gramado e os canteiros estavam no mais completo abandono. Olhando para eles, me voltou à memória a briga que tivemos por causa das folhas caídas. Quando foi? No ano passado? Retrasado? Eu tive uma crise de bronquite que demorava a sarar, as folhas estavam todas espalhadas pelo gramado, formando remoinhos aos caprichos do vento. Debruçada na janela, me venceu uma profunda tristeza;

o céu estava ameaçador, e lá fora tudo parecia esquecimento e desolação. Fui até o seu quarto e a encontrei deitada na cama com fones no ouvido. Pedi por favor que juntasse as folhas. Para que me ouvisse, tive de repetir a frase várias vezes, cada vez mais alto. Você deu de ombros, dizendo: "E por que deveria? Na natureza ninguém faz isso, elas ficam apodrecendo e a coisa parece funcionar muito bem". Naquela época, a natureza era a sua maior aliada, você conseguia justificar qualquer coisa graças às suas leis inabaláveis. Em vez de lhe explicar que o jardim é uma natureza domesticada, uma natureza--cão que com o passar do tempo se torna cada vez mais parecida com o dono e que, justamente como um cão, necessita de cuidados contínuos, em vez disso, portanto, eu me retirei para a sala sem dizer mais nada. Mais tarde, ao passar diante de mim para ir comer alguma coisa na cozinha, você me viu chorando, mas não pareceu se importar. Só na hora do jantar, quando mais uma vez saiu do seu quarto perguntando "Qual é a boia?", percebeu que eu ainda estava lá, que ainda chorava. Foi então para a cozinha e começou a se atarefar com as panelas. "O que prefere", berrava de um aposento para o outro, "um pudim de chocolate ou uma omelete?" Percebera que a minha dor era verdadeira e de algum modo procurava ser carinhosa, tentava me consolar. Na manhã seguinte, ao abrir a janela, vi você no gramado, chovia forte e você juntava as folhas protegida com a sua capa de chuva amarela. Quando lá pelas nove voltou para casa, eu me fiz de desentendida: sabia que o que você mais detestava era aquela parte de si mesma que a levava a ser boazinha.

Hoje de manhã, vendo a desolação dos canteiros no jardim, achei francamente que deveria chamar alguém para dar um fim ao abandono a que o releguei durante a doença e depois dela. Penso nisso desde que saí do hospital, mas não consigo tomar uma atitude. Com o passar dos anos, germinou em mim um grande zelo pelo jardim, nada no mundo me faria renunciar a regar as dálias, a tirar de um galho uma folha morta. É engraçado, pois quando moça achava a jardinagem algo enfadonho: mais que um privilégio, ter um jardim me parecia uma chatice. Bastava de fato que eu afrouxasse a atenção por um dia ou dois para que, naquela ordem tão duramente conseguida, tornasse imediatamente a se inserir a desordem, e a desordem, acima de qualquer outra coisa, era o que mais me irritava. Não tinha um centro dentro de mim, e por isso mesmo não suportava ver do lado de fora o que eu tinha no meu interior. Devia ter me lembrado disso quando lhe pedi que juntasse as folhas!

Há coisas que só podemos entender depois de certa idade, nunca antes — entre elas, o relacionamento com a casa, com tudo quanto haja dentro dela e à sua volta. Aos sessenta, setenta anos, repentinamente compreendemos que o jardim e a casa já não são um jardim nem uma casa em que você more por comodidade ou por acaso ou por sua beleza: são o nosso jardim e a nossa casa, pertencem a nós tal como a concha pertence ao molusco que dentro dela vive. Formamos a concha com as nossas secreções, gravamos nas suas volutas a nossa própria história. A casa-casca nos envolve, fica em cima, em volta, e talvez nem a morte possa nos livrar da sua presença, das alegrias e das dores que experimentamos dentro dela.

Ontem à noite, não estava com vontade de ler e fiquei vendo televisão. Mais que ver, na verdade, fiquei ouvindo, pois dentro de uma meia hora já estava cochilando. Só ouvia fragmentos de frases, como quando num trem nos entregamos à sonolência e a conversa dos outros passageiros nos chega intermitente e desprovida de sentido. Apresentavam os resultados de uma pesquisa sobre as seitas do fim do milênio. Havia várias entrevistas com verdadeiros e falsos gurus, e naquela enxurrada de palavras me chegou mais de uma vez aos ouvidos o termo carma. Ouvi-o e de pronto me voltou à mente o rosto do meu professor de filosofia no liceu.

Ele era jovem e, para a época, bastante inconformista. Explicando Schopenhauer, fez algumas referências às filosofias orientais e, falando sobre elas, introduziu o conceito de carma. Naquela ocasião, não prestei muita atenção à coisa, a palavra e o que ela expressava tinham me entrado por um ouvido e saído pelo outro. Durante muitos anos, permaneceu soterrada em mim a sensação de que se tratava de uma espécie de lei de talião, algo no gênero do olho-por-olho e do não-perde-por-esperar. Só voltei a pensar no carma — e naquilo que com ele se relaciona — quando a diretora do jardim de infância me chamou para me falar do seu estranho comportamento: você tinha provocado o maior alvoroço na escolinha. Sem mais nem menos, durante a hora dedicada às histórias livres, começara a falar da sua vida anterior. Num primeiro momento, as professoras haviam pensado em algum tipo de excentricidade infantil. Diante da sua história, procuraram minimizá-la, tentaram levá-la a se contradizer. Mas você não caíra na armadilha, até dissera algumas palavras numa língua que ninguém conhecia. Ao se repetir o fato pela terceira vez, fui convocada pela diretora da escola. Para o seu bem e o do seu futuro, ela aconselhou acompanhamento psicológico. "Com o trauma que sofreu", dizia, "é normal que ela se porte assim, que procure fugir da realidade." Obviamente nunca a levei a um psicólogo — considerava-a uma menina feliz, acreditava que sua fantasia se devia mais a uma ordem diferente das coisas que a alguma dificuldade presente. Depois disso, nunca lhe pedi que falasse a respeito, e você, por sua vez, tampouco sentiu necessidade de fazê-lo. Talvez tenha esquecido tudo no dia mesmo em que se deu, diante das professoras atônitas.

Tenho a impressão de que nos últimos tempos falar nessas coisas se tornou uma espécie de modismo. Antigamente eram assunto para alguns poucos iniciados, agora estão na boca de todo mundo. Não faz muito tempo, li num jornal que na América existem até grupos de conscientização sobre reencarnação. As pessoas se reúnem e falam de suas existências anteriores. Diz a dona de casa: "No século passado, eu era uma mulher de rua em New Orleans, por isso não consigo agora ser fiel ao meu marido", ao passo que o frentista racista encontra uma razão de ser para o seu ódio no fato de ter sido devorado pelos bantos durante uma expedição no século XVI. Que bobagens, e tão tristes! Perdidas as raízes da própria cultura, busca-se remediar a esqualidez e a incerteza do presente com existências passadas. Se o ciclo das vidas tiver algum sentido, acredito que seja sem dúvida bastante diferente disso.

Na época do incidente no jardim de infância, eu me precavia procurando alguns livros: se queria entendê-la melhor, precisava saber mais. Justamente num ensaio daqueles, li que as crianças que melhor se lembram da vida anterior são as que morreram precocemente e de modo violento. Algumas de suas obsessões, inexplicáveis a partir de suas experiências de menina — os canos de gás que vazavam, o medo de que tudo fosse pelos ares de uma hora para a outra —, me faziam tender para esse tipo de explicação. Quando você estava cansada, ansiosa ou entregue ao sono, era tomada de terrores irracionais. O que a deixava apavorada não era o bicho-papão, nem as bruxas, nem o lobisomem, e sim uma explosão virtual e repentina que num piscar de olhos aniquilasse o universo das coisas. No começo, quando no meio da noite você aparecia no meu quarto apavorada, eu me levantava e com palavras doces a levava de volta ao seu. Ali, deitada na cama e segurando a minha mão, você me pedia que lhe contasse histórias com final feliz. Receando que eu dissesse alguma coisa perturbadora, antes de mais nada você me descrevia o enredo tim-tim por tim-tim, e a mim só cabia seguir literalmente as suas instruções. Repetia o conto uma, duas, três vezes. Quando me levantava para voltar ao meu quarto, acreditando tê-la acalmado, já na porta escutava a sua voz indecisa. "Acaba assim?", você perguntava. "É verdade que acaba sempre assim?" Eu então voltava, lhe dava um beijo na testa e, ao beijá-la, dizia: "Não pode acabar de nenhum outro jeito, querida, eu juro".

Algumas outras noites, no entanto, apesar de ser contrária a deixá-la dormir comigo — não é bom que as crianças durmam com os velhos —, não tinha coragem de mandá-la de volta para a sua cama. Logo que percebia a sua presença ao lado da mesinha de cabeceira, sem me virar procurava acalmá-la: "Está tudo sob controle, não vai haver explosão alguma, pode voltar tranquila para o seu quarto". Depois fingia cair num sono imediato e profundo. Ouvia então a sua respiração leve, você permanecia por algum tempo imóvel, e após alguns segundos a beirada da cama rangia baixinho: com movimentos cautelosos você se enfiava ao meu lado e adormecia como um ratinho exausto que, depois de um grande susto, chega finalmente ao calor da toca. Ao alvorecer, para não estragar a brincadeira, eu a segurava nos braços, morna, abandonada, e a levava de volta para que terminasse o sono no seu quarto. Quando você acordava, era muito raro se lembrar de alguma coisa; quase sempre se convencia de ter passado a noite toda na sua cama.

Quando essas crises de pavor ocorriam durante o dia, eu me dirigia a você com doçura. "Não está vendo como a casa é sólida?", dizia. "Veja só a espessura das paredes, como acha que poderiam explodir?" Mas meus esforços para acalmá-la eram inúteis. De olhos arregalados, você continuava a fitar o vazio à sua frente e repetia: "Qualquer coisa pode explodir". Nunca deixei de me interrogar acerca desse seu terror. O que era a explosão? A lembrança de sua mãe, do fim trágico e repentino dela? Ou será que pertencia àquela vida que, com trivialidade inusitada, você contara às tias do jardim de infância? Quem sabe. Apesar do que dizem por aí, acredito que na cabeça do homem ainda há mais sombras que luzes. No tal livro que comprei naquela ocasião, de qualquer forma, também estava escrito que as crianças que se lembram de vidas anteriores são mais frequentes na Índia e no Oriente, nos países em que o conceito é tradicionalmente aceito. Acho bastante normal. Já pensou se um belo dia eu chegasse perto da minha mãe e começasse a falar sem mais nem menos numa outra língua? Ou então lhe dissesse: "Não aguento mais você, eu estava muito melhor com a minha mãe da outra vida"? Não resta dúvida de que não pensaria duas vezes antes de me internar num hospício.

Será que existe algum modo de nos livrarmos do destino imposto pelo ambiente de origem, por aquilo que os nossos antepassados nos legaram através do sangue? Quem sabe. Pode ser que, no decorrer claustrofóbico das gerações, alguém consiga a certa altura vislumbrar um degrau um pouco mais alto que os outros e tente com todas as forças alcançá-lo. Romper um elo, renovar o ar do quarto, acredito que seja esse o minúsculo segredo do ciclo das vidas. Minúsculo, mas dificílimo, assustador pela sua própria incerteza.

Minha mãe se casou com dezesseis anos, e aos dezessete me deu à luz. Durante a minha infância, a vida toda, aliás, jamais a vi se entregar a um gesto carinhoso. Seu casamento não se dera por amor. Ninguém a forçara, ela forçara a si mesma porque, rica mas judia e, além do mais, recém-convertida, o que mais queria era ostentar um título nobiliárquico. Meu pai, mais velho que ela, barão e melômano, se apaixonara por suas qualidades como cantora.

Depois de procriarem o herdeiro que o bom nome da família exigia, passaram o restante de seus dias entre birras e vinganças mesquinhas. Mamãe morreu insatisfeita e cheia de rancor, sem desconfiar nem de longe de que alguma culpa poderia ser dela. Cruel era o mundo, que não tinha lhe proporcionado escolhas melhores. Eu era bastante diferente, e já aos sete anos, superada a dependência da primeira infância, comecei a não suportá-la.

Sofri muito por causa dela, que vivia se queixando o tempo todo, sempre e somente por motivos externos. Sua suposta "perfeição" me fazia sentir má, e a solidão era o preço da minha maldade. No começo, até ensaiava umas tentativas de ser como ela; eram, porém, tentativas desajeitadas, que sempre malogravam. Quanto mais eu tentava, menos à vontade me sentia. A renúncia de si leva ao desprezo. E do desprezo à raiva é só um passo. Quando percebi que o amor da minha mãe era algo ligado tão somente à aparência, a como eu deveria ser, e não a como de fato era, no segredo do meu quarto e do meu coração comecei a odiá-la.

Para fugir desse sentimento, eu me abriguei num mundo só meu. À noite, na cama, lia até altas horas livros de aventuras, cobrindo o lume com um pano. Gostava muito de devanear. Por algum tempo, sonhei com a ideia de me tornar pirata, vivia nos mares da China e era uma pirata toda especial: não roubava para mim, e sim para os pobres. Das fantasias corsárias passei às filantrópicas, decidi que, depois de me formar em medicina, iria curar criancinhas na África. Aos catorze anos li a biografia de Schliemann e logo percebi que nunca poderia curar as pessoas, uma vez que a minha única e verdadeira paixão era a arqueologia. De todas as demais e inúmeras atividades que cheguei a levar em consideração, acredito que essa era a única realmente minha.

E de fato, para realizar tal sonho, tive a primeira e única batalha contra o meu pai, para poder frequentar o liceu clássico. Ele nem queria ouvir a respeito, dizia que não adiantava e que, se eu realmente quisesse estudar alguma coisa, era melhor aprender uma língua estrangeira. No fim, contudo, acabei levando a melhor. Na hora de ingressar no primeiro ano da escola secundária, tinha a absoluta certeza de ter vencido. Mas era uma ilusão. Quando, ao terminar o liceu, comuniquei a minha intenção de entrar na universidade em Roma, ele foi peremptório: "Pode tirar isso da cabeça". E eu, como se costumava proceder então, obedeci sem dar um pio. As pessoas nunca deveriam achar que vencer uma batalha significa vencer a guerra. É um erro típico da juventude. Agora fico pensando que, se na época eu tivesse insistido, se tivesse fincado o pé, no fim meu pai teria concordado. Aquela sua recusa categórica fazia parte do sistema educacional em vigor. No fundo, não se viam os jovens como capazes de decisões próprias. Por conseguinte, quando manifestavam alguma vontade diferente, eram imediatamente postos à prova. E, uma vez que eu capitulara diante da primeira adversidade, ficou mais que evidente não se tratar de uma verdadeira vocação, mas de um desejo passageiro.

Para o meu pai, assim como para a minha mãe, os filhos eram antes de mais nada um dever social. Descuidavam do nosso desenvolvimento interior tanto quanto tratavam com extremo rigor dos aspectos mais banais da educação. Ai de mim se não mantivesse uma postura correta à mesa, rígida, com os cotovelos bem rentes ao corpo. E se, ao fazer isso, dentro de mim só houvesse a ideia de encontrar a melhor maneira para morrer, não tinha a menor importância. A aparência era tudo; além dela, só existiam inconveniências.

Cresci, pois, com a sensação de ser uma espécie de macaco a ser treinado, não um ser humano, uma pessoa com suas alegrias, decepções, com sua necessidade de ser amada. Esse desconforto logo fez brotar em mim uma grande solidão, uma solidão que com os anos se avultou, uma espécie de vazio pneumático em que me movia com os gestos lentos e desengonçados de um escafandrista. A solidão também nascia das perguntas, perguntas que fazia a mim mesma e às quais não sabia responder. Com quatro ou cinco anos, já olhava à minha volta e perguntava: "Por que estou aqui? De onde vim, de onde vieram todas as coisas que vejo ao meu redor, o que há por trás, sempre estiveram aqui mesmo quando eu não estava, ficarão para sempre?" Fazia a mim mesma todas as perguntas que as crianças sensíveis fazem quando se defrontam com a complexidade do mundo. Acreditava que os adultos também as fizessem, que fossem capazes de dar as respostas, mas longe disso: após duas ou três tentativas com minha mãe e a babá, percebi não apenas que não sabiam responder, mas também que jamais haviam se perguntado tais coisas.

Assim, a minha sensação de solidão só cresceu. Entenda bem, eu era obrigada a resolver cada enigma contando unicamente comigo mesma; quanto mais o tempo passava, mais me questionava sobre qualquer coisa, perguntas cada vez mais longas, cada vez mais terríveis, perguntas que só de pensar nelas assustavam.

Tive o meu primeiro encontro com a morte com mais ou menos seis anos. Papai tinha um cão de caça, Argo; era um cachorro dedicado e carinhoso, o companheiro ideal para as minhas brincadeiras. Eu passava tardes inteiras preparando para ele bolinhos de lama e folhas, ou então o forçava a bancar a cliente de uma cabeleireira, e ele circulava pacientemente pelo jardim com as orelhas cheias de grampos e fitinhas. Mas um dia, justamente quando experimentava nele um penteado novo, percebi que havia alguma coisa inchada debaixo de sua garganta. Fazia algumas semanas ele já não tinha vontade de correr e pular como antes; quando eu ficava em um canto comendo o meu lanche, já não parava diante de mim suspirando, esperançoso.

Um dia, ao voltar da escola, não o encontrei esperando por mim na cancela. De início, pensei que tivesse ido a algum lugar com meu pai. Mas, quando vi meu pai tranquilamente sentado no escritório sem Argo a seus pés, fui tomada por uma grande agitação. Saí e o chamei por todo o jardim, gritando a plenos pulmões; voltei para casa e a explorei minuciosamente duas ou três vezes, de cabo a rabo. À noite, na hora de dar aos meus pais o obrigatório beijo de boa-noite, juntando toda a minha coragem, perguntei a papai: "Cadê Argo?" "Argo", respondeu ele sem tirar os olhos do jornal, "Argo se foi." "E por quê?", perguntei. "Porque estava cansado das suas brincadeiras."

Indelicadeza? Superficialidade? Sadismo? O que havia naquela resposta? Na mesma hora em que ouvi aquelas palavras, algo se quebrou dentro de mim. Passei a não dormir à noite, de dia bastava uma coisinha qualquer para que caísse no choro. Depois de um mês ou dois, acharam por bem chamar o pediatra. "A menina está esgotada", disse e me receitou óleo de fígado de bacalhau. Por que não dormia, por que ficava o tempo todo segurando a bola mordida de Argo, ninguém jamais me perguntou.

É a esse episódio que faço remontar a minha entrada na idade adulta. Com seis anos? Pois é, com seis anos. Argo havia ido embora porque eu fora má; meu comportamento influía, portanto, no que havia ao meu redor. Influía fazendo desaparecer, destruindo.

Daquele dia em diante, minhas ações nunca mais foram neutras, gratuitas. Com terror de cometer algum outro engano, acabei reduzindo-as ao mínimo, me tornei apática, indecisa. À noite, apertava a bola nas mãos e dizia, chorando: "Argo, por favor, volte. Mesmo que tenha errado, sou eu quem mais lhe quer bem". Quando meu pai chegou em casa com outro cachorrinho, eu nem quis saber dele. Para mim era, e devia continuar sendo, um perfeito desconhecido.

Quanto à educação das crianças, imperava a hipocrisia. Lembro muito bem que certa vez, ao passar com meu pai perto de uma moita, encontrei um pintarroxo morto. Sem medo algum, peguei-o nas mãos e o mostrei a papai. "Ponha de volta onde você pegou", ele gritou de imediato, "não vê que está dormindo?" A morte, como o amor, era assunto a ser evitado. Não teria sido mil vezes melhor se tivessem me contado que Argo tinha morrido? Meu pai poderia ter me pegado nos braços e dito: "Eu mesmo o matei, estava sofrendo demais. Onde está agora ele é muito mais feliz". Eu teria chorado muito mais, é claro, teria ficado desesperada, teria visitado o local da sepultura por meses a fio, teria conversado longamente com ele através da terra. E então, pouco a pouco, começaria a esquecê-lo, descobriria novas coisas por que me interessar, conheceria novos entusiasmos, e Argo deslizaria fatalmente para o fundo dos meus pensamentos como uma lembrança, uma linda lembrança de infância. Do jeito como foi, ao contrário, Argo se tornou um pequeno cadáver que guardo dentro de mim.

Por isso digo que aos seis anos já era adulta, porque em vez de alegria eu tinha ansiedade, em vez de curiosidade, indiferença. Seriam, então, uns monstros meu pai e minha mãe? Não, absolutamente, para a época eram pessoas perfeitamente normais.

Minha mãe só começou a me contar alguma coisa da sua infância quando já velha. A mãe morrera quando ela era ainda menina; antes tivera um filho homem ceifado aos três anos por uma pneumonia. Mamãe fora concebida logo a seguir e havia tido o azar de nascer não só mulher, mas também no mesmo dia da morte do irmão. Como lembrança de tão triste coincidência, tivera de vestir desde bebê as cores do luto. Acima de seu berço, dominava um grande retrato do irmão. Servia-lhe para lembrar, toda vez que abria os olhos, que não passava de uma substituta, de uma cópia desbotada de alguém melhor. Está entendendo? Como culpá-la, então, pela frieza, pelas escolhas erradas, por ser distante de todos? Até os macacos, se criados num laboratório asséptico, e não pela verdadeira mãe, depois de algum tempo ficam tristes e se deixam morrer. E se voltássemos ainda mais ao passado, até à mãe dela ou à mãe da mãe dela, sabe-se lá o que mais poderíamos encontrar.

A infelicidade costuma seguir a linhagem feminina. Como certas anomalias genéticas, passa de mãe para filha. E passando, em vez de abrandar, se torna cada vez mais intensa, mais inextirpável e profunda. Para os homens, naquela época, as coisas eram completamente diferentes, tinham sua profissão, a política, a guerra; sua energia podia eclodir, extravasar. Mas nada disso conosco. Por inúmeras gerações, frequentamos apenas o quarto de dormir, a cozinha, o banheiro. Demos milhares de passos, fizemos milhares de gestos, sempre carregando o mesmo rancor, a mesma insatisfação. Será que me tornei feminista? Não, não tenha medo, só quero olhar com lucidez aquilo que existe por trás.

Lembra-se de quando, nas noites de 15 de agosto, íamos até o promontório para ver os fogos que soltavam do mar? De vez em quando, um deles, ainda que estourando, não conseguia alcançar o céu. Pois é, quando penso na vida da minha mãe, na da minha avó, quando penso na vida de uma porção de gente que conheço, volta à minha memória justamente essa imagem — fogos que implodem sem chegar lá em cima.

21 de novembro

Li em algum lugar que Manzoni, enquanto escrevia *Os noivos*, acordava todas as manhãs feliz por reencontrar os seus personagens. Quanto a mim, não posso dizer o mesmo. Depois de tantos anos, continuo não tendo o menor prazer ao falar da minha família, minha mãe permanece tão imóvel e hostil na minha memória como um janízaro. Esta manhã, procurando desanuviar um pouco o ar entre ela e mim, e entre mim e as lembranças, fui dar um passeio no jardim. Chovera durante a noite; de um lado o céu estava claro, mas atrás da casa ainda havia nuvens roxas ameaçadoras. Voltei antes que desabasse outro aguaceiro. Logo em seguida, sobreveio a tempestade, e a casa ficou tão escura que tive de acender as luzes. Desliguei a televisão e a geladeira, para que não se danificassem com os relâmpagos, peguei uma lanterna, coloquei-a no bolso e fui até a cozinha para cumprir o nosso encontro cotidiano.

Assim que me sentei, contudo, percebi que ainda não estava pronta, talvez houvesse no ar eletricidade demais, meus pensamentos corriam de um lado para o outro, como faíscas. Então me levantei e, com o destemido Buck atrás, por algum tempo vaguei sem destino pela casa. Fui até o quarto onde eu dormia com o seu avô, depois entrei no meu quarto de agora — que já foi da sua mãe —, a seguir na sala de jantar, há tanto tempo em desuso, e finalmente no seu quarto. Passando de um aposento para outro, eu me lembrei da impressão que tive da casa quando entrei aqui pela primeira vez: não gostei nem um pouco dela. A escolha não havia sido minha, mas do meu marido, Augusto, e ele também a escolhera às pressas. Precisávamos de um lugar onde ficar e não podíamos esperar mais. Bastante ampla e com um jardim, ele achara que satisfazia todas as nossas exigências. Assim que ultrapassamos a cancela, achei-a de mau gosto, ou melhor, de péssimo gosto; nas cores e nas formas, não havia uma só parte que combinasse com o resto. Olhando-a de um lado, parecia um chalé suíço; do outro, com o seu janelão central redondo e a fachada com o telhado em degraus, poderia ser uma daquelas casas holandesas que dão para os canais. Se você a visse de longe, com as suas sete chaminés de forma e tamanho diferentes, pensaria que só podia existir num conto de fadas. Foi construída nos anos 20, mas não havia um único detalhe que pudesse classificá-la como uma casa daquela época. O fato de ela não ter uma identidade me perturbava — nem lhe conto o tempo que levei para me acostumar com a ideia de que era minha, de que a existência da minha família coincidia com aquelas paredes.

Justamente quando estava no seu quarto, um relâmpago caído mais perto que os demais cortou a luz. Em vez de acender a lanterna, preferi me deitar na cama. Lá fora, havia a saraivada do aguaceiro, as chicotadas do vento; dentro, ruídos variados, chiados, pequenos baques, o barulho da madeira que se assenta. De olhos fechados, durante alguns momentos a casa me pareceu um navio, um grande veleiro que navegava no gramado. A tempestade só amainou lá pela hora do almoço; da janela do seu quarto pude ver que da nogueira haviam caído dois pesados galhos.

Agora estou mais uma vez na cozinha, no meu lugar de luta, já comi e limpei os poucos pratos sujos. Buck está dormindo aos meus pés, vencido pelas emoções desta manhã. Quanto mais passa o tempo, mais os temporais o deixam num estado de terror de que lhe custa se recuperar.

Nos livros que comprei quando você ia ao jardim de infância, a certa altura encontrei escrito que a escolha da família em que acabamos nascendo depende do ciclo das vidas. Temos esse pai e essa mãe porque somente esse pai e essa mãe nos permitirão entender alguma coisa mais, que demos mais um pequeno, minúsculo passo adiante. Se assim é, fiquei pensando na época, por que permanecemos parados durante tantas gerações? Por que, em lugar de progredirmos, voltamos para trás?

Li recentemente no caderno de ciências de um jornal que talvez a evolução não funcione do jeito que a gente imagina. As mudanças, segundo as teorias mais recentes, não acontecem de modo gradativo. A pata mais longa, o bico diferente para possibilitar novos recursos não se formam pouco a pouco, um milímetro após o outro, geração após geração. Não, aparecem de repente: tudo muda de uma geração para a outra, tudo se modifica. Como confirmação disso, temos os restos de ossadas, mandíbulas, cascos, caveiras com dentes diversos. De muitas espécies jamais conseguimos encontrar formas intermediárias. O avô é assim e o neto é assado;

houve um salto inexplicável num espaço de tempo relativamente curto. Será que algo parecido também acontece com a vida interior das pessoas?

As mudanças se acumulam na surdina, paulatinamente, e aí explodem de chofre. De repente, uma pessoa rompe o círculo, decide ser diferente. Destino, hereditariedade, educação, onde começa uma coisa e acaba outra? É só você parar um momento para pensar que logo ficará tomada de espanto diante do grande mistério que tudo isso envolve.

Pouco antes do meu casamento, a irmã do meu pai — a amiga dos espíritos — encomendara o meu horóscopo a um astrólogo amigo seu. Um belo dia, ela apareceu na minha frente com um papel na mão, dizendo: "Aqui está, este é o seu futuro". O papel continha um desenho geométrico; as linhas que uniam o signo de um planeta a outro formavam vários ângulos. Lembro que ao vê-lo pensei logo que ali não havia harmonia, não havia continuidade, mas uma série de saltos e viradas tão bruscas que mais pareciam tombos. Atrás o astrólogo escrevera: "Um caminho difícil. Terá de recorrer a todas as virtudes para percorrê-lo até o fim".

Fiquei muito impressionada; até então minha vida me parecera extremamente banal. Tivera de enfrentar, é claro, algumas dificuldades, mas haviam parecido coisinhas de nada, menos que voragens, meras encrespaduras da juventude. Mesmo depois de me tornar adulta, mulher e mãe, viúva e avó, jamais me afastei dessa aparente normalidade. O único acontecimento extraordinário, se assim podemos chamá-lo, foi o trágico desaparecimento da sua mãe. E ainda assim, pensando melhor, aquele esquema das estrelas no fundo não mentia, por trás da superfície sólida e linear, por trás da minha rotina cotidiana de mulher burguesa, na realidade havia um movimento contínuo, uma série de pequenas subidas, de rasgos, de trevas imprevistas e precipícios sem fundo. Enquanto vivia, às vezes o desespero tomava conta de mim, eu me sentia como aqueles soldados que marcam passo parados no mesmo lugar. Os tempos mudavam, as pessoas mudavam, tudo mudava ao meu redor, e eu tinha a impressão de continuar parada.

A morte da sua mãe deu o golpe de misericórdia na monotonia dessa marcha. A ideia, já bastante modesta, que tinha de mim mesma ruiu de uma hora para a outra. Se até agora, dizia a mim mesma, dei um ou dois passos tímidos, dessa vez voltei repentinamente para trás, cheguei ao ponto mais baixo do meu caminho. Nessa época, receei não conseguir suportar, me parecia que aquela mínima porção de coisas que até então compreendera havia sido de um só golpe cancelada. Ainda bem que não foi possível me entregar durante muito tempo a essa crise depressiva — a vida continuava sua marcha, com todas as suas exigências.

A vida era você: pequena, indefesa, sem mais ninguém no mundo; você chegou e invadiu esta casa silenciosa e triste com suas risadas súbitas, com seus choros. Ao ver sua cabeçorra de menina oscilar entre a mesa e o sofá, eu me lembro de ter pensado que talvez nem tudo estivesse acabado. O acaso, em sua imprevisível generosidade, me proporcionara mais uma possibilidade.

O Acaso. Certa vez, o marido da senhora Morpurgo me contou que em hebraico essa palavra não existe. Para indicarem qualquer coisa relativa à casualidade, precisavam recorrer à palavra azar, que é árabe. Engraçado, não acha? Engraçado, mas também tranquilizador: onde há Deus, não há lugar para o acaso, nem mesmo para o humilde vocábulo que o representa. Tudo é ordenado, regulado de cima, tudo quanto nos aconteça acontecerá porque tem um sentido. Sempre tive muita inveja daqueles que aceitam essa visão de mundo sem hesitação, por sua leveza. No que me diz respeito, e com as melhores intenções da minha parte, jamais consegui fazê-la minha por mais de dois dias seguidos. Diante do horror, diante da injustiça, sempre voltei atrás; em vez de justificá--los com gratidão, sempre surgiu em mim um incontido sentimento de revolta.

Seja como for, agora estou prestes a cumprir uma ação deveras arriscada: vou lhe mandar um beijo. Você não os suporta, não é? Ricocheteiam sobre a sua couraça como bolas de tênis. Mas não há de ser nada — quer você goste, quer não, vou mandar este beijo de qualquer maneira. A esta altura, leve e transparente, ele já está voando por cima do oceano.

Estou cansada. Reli com alguma ansiedade o que escrevi até agora. Será que consegui me explicar? As coisas se amontoam na minha cabeça; para saírem, se empurram e se acotovelam como mulheres diante de saldos de fim de estação. Quando raciocino, não consigo ter um método, seguir um roteiro que se desenrole com sentido lógico do começo ao fim. Às vezes fico pensando que isso talvez se deva ao fato de eu não ter ido à universidade. Li muitos livros, muitas foram as coisas que despertaram a minha curiosidade, mas sempre com uma parte da minha cabeça pensando nas fraldas, outra nas panelas, e outra mais nos sentimentos. Quando um botânico passeia por um jardim, escolhe as flores segundo uma ordem precisa, sabe o que lhe interessa e o que não lhe interessa nem um pouco; decide, descarta, estabelece relações. Mas, se for um mero visitante, as flores serão escolhidas de outro jeito, uma porque é amarela, outra porque é azul, uma terceira porque é perfumada, uma quarta porque estava bem ao lado da trilha. Acredito que o meu relacionamento com o saber se tenha dado mais ou menos dessa maneira confusa. Sua mãe não se cansava de me repreender por isso. Toda vez que tínhamos alguma discussão, eu sucumbia quase imediatamente. "Você não tem dialética", ela dizia. "Como todos os burgueses, não sabe defender seriamente o que pensa."

Do mesmo modo que você está imbuída de uma inquietação selvagem, sua mãe era imbuída de ideologia. O fato de eu falar de coisas pequenas, e não de grandes, era para ela motivo de repreensão. Considerava-me reacionária e doente de fantasias burguesas. No entender dela, eu era rica e, por isso mesmo, propensa ao luxo, ao supérfluo, naturalmente tendente para o mal.

A julgar pelos olhares com que às vezes me fulminava, creio que, se houvesse um tribunal do povo presidido por ela, haveria por certo me condenado à morte. Eu tinha a culpa de morar numa casa ampla com jardim, em vez de viver num barraco ou num apartamento suburbano. A essa culpa se juntava o fato de eu ter recebido como herança uma pequena renda que garantia a sobrevivência de ambas. Para não cair nos mesmos erros dos meus pais, eu mostrava interesse no que ela dizia, ou pelo menos tentava ao máximo. Jamais escarneci dela e nunca deixei transparecer até que ponto eu me mantinha alheia a qualquer ideia totalizante, mas ela devia perceber assim mesmo a minha desconfiança de suas frases feitas.

Ilaria frequentou a Universidade de Pádua. Poderia muito bem ter ficado em Trieste, mas era demasiado intolerante para continuar vivendo comigo. Toda vez que eu propunha uma visita, respondia com um silêncio prenhe de hostilidade. Seus estudos iam devagar, quase parando, e eu não sabia com quem compartilhava o apartamento, ela jamais quis me contar. Sabendo de sua fragilidade, eu ficava muito preocupada. Houvera o maio francês, os motins nas universidades, o movimento estudantil. Escutando os seus raros relatos telefônicos, eu me dava conta de que já não conseguia acompanhá-la, estava sempre entusiasmada com alguma coisa, e essa alguma coisa não parava de mudar. Em meu papel de mãe, procurava entendê-la, mas era muito difícil: tudo era por demais agitado, indefinido, havia ideias demasiado novas, excessivos conceitos absolutos. Em vez de falar por suas próprias palavras, Ilaria costurava um chavão após o outro. Eu me preocupava com o seu equilíbrio psíquico. O fato de se sentir partícipe de um grupo com que defendia as mesmas certezas, os mesmos dogmas absolutos, reforçava de modo inquietante a sua tendência natural à arrogância.

Durante o seu sexto ano na universidade, preocupada com um silêncio mais longo que de costume, peguei um trem e fui vê-la. Eu nunca havia feito isso desde que ela estava em Pádua. Assim que abriu a porta, ficou muito irritada. Em vez de me cumprimentar, me agrediu: "Quem foi que a convidou?" e, sem nem me dar tempo de responder, acrescentou: "Teria sido melhor avisar antes, já estava para sair. Hoje tenho uma prova importante". Ainda estava de camisola, era evidente que se tratava de uma mentira. Fingi não perceber e disse: "Paciência, vou esperá-la e depois podemos festejar o resultado juntas". Dali a pouco, saiu de verdade, tão apressada que acabou deixando os livros na mesa.

Sozinha, fiz o que qualquer mãe teria feito: mexi nas gavetas à procura de um sinal, qualquer coisa que me ajudasse a entender que caminho ela tomara na vida. Não tinha a menor intenção de espioná-la, de levar a efeito atos de censura ou inquisição, tais coisas jamais combinaram comigo. Em mim só havia uma grande ansiedade, e para acalmá-la precisava de algum ponto de contato. À parte alguns folhetos e panfletos de propaganda revolucionária, nada mais me chegou às mãos, nenhuma carta, nenhum diário. Em uma parede do quarto de dormir, havia um pôster em que se lia: "A família é tão arejada quanto uma câmara de gás". De algum modo aquilo já era um indício.

Ilaria voltou no começo da tarde; tinha o mesmo ar esbaforido de quando saíra. "Como foi a prova?", perguntei do jeito mais carinhoso possível. Deu de ombros. "Como sempre", e depois de uma pausa acrescentou: "Foi por isso que veio, para me controlar?" Eu queria evitar o confronto e, num tom muito calmo e conciliador, respondi que o meu desejo era apenas conversar um pouco com ela.

"Conversar?", repetiu, incrédula. "Sobre o quê? Suas paixões místicas?"

"Sobre você, Ilaria", falei então pausadamente, procurando encontrar seus olhos. Ela se aproximou da janela, mantinha o olhar fixo num salgueiro um tanto apagado: "Não tenho nada para contar, pelo menos para você. Não quero perder tempo com conversas intimistas e pequeno-burguesas". Tirou os olhos do salgueiro, virou-os para o relógio de pulso e disse: "Já é tarde, tenho uma reunião importante. Você precisa ir". Não obedeci, me levantei mas, em vez de sair, me aproximei dela, segurei suas mãos entre as minhas. "O que está acontecendo?", perguntei. "O que a faz sofrer?" Percebi que sua respiração se tornava mais ofegante. "Vê-la assim me aperta o coração", acrescentei. "Embora me rejeite como mãe, não a rejeito como filha. Gostaria de ajudar, mas, se não deixar, não tenho como fazê-lo." Àquela altura, seu queixo começou a tremer como sempre acontecia quando, ainda menina, estava a ponto de chorar; arrancou as mãos das minhas e se virou de repente para um canto. Seu corpo magro e contraído se agitava em soluços incontroláveis. Acariciei-lhe os cabelos; suas mãos estavam tão geladas quanto sua cabeça quente. Ela se virou nervosamente, me abraçou, escondendo o rosto no meu ombro. "Mãe", disse, "eu... eu..."

Naquele exato momento, o telefone tocou.

"Deixe tocar", sussurrei-lhe ao ouvido.

"Não posso", respondeu, enxugando os olhos.

Quando segurou o aparelho, sua voz era novamente metálica, alheia. Pelo breve diálogo, percebi que devia ter acontecido algo bastante grave. Logo em seguida, com efeito, ela disse: "Sinto muito, mas agora você precisa realmente ir". Saímos juntas, no portão se entregou a um abraço muito rápido e culpado. "Ninguém pode ajudar", murmurou enquanto me apertava. Acompanhei-a até sua bicicleta, presa a um poste ali perto. Já estava montada quando, enfiando dois dedos sob o meu colar, disse: "As suas pérolas, não é? São o seu passe. Desde que você nasceu, nunca teve coragem de dar um passo sem elas!"

Depois de tantos anos, esse é o episódio da vida com a sua mãe que mais frequentemente me volta à memória. Penso muitas vezes no assunto. Será possível, pergunto a mim mesma, que de todas as coisas por que passamos juntas seja justamente essa a primeira a me voltar à mente? Hoje mesmo, enquanto formulava a pergunta pela enésima vez, dentro de mim ressoou um ditado: "A língua bate onde o dente dói". E daí?, você poderia perguntar. Daí, daí, muita coisa. Esse episódio volta amiúde aos meus pensamentos porque foi o único em que tive a possibilidade de operar uma mudança. Sua mãe caíra no choro, me abraçara. Naquele instante, uma fenda aparecera na couraça dela, uma abertura mínima por onde eu poderia ter entrado. Uma vez dentro, poderia ter feito como aqueles pregos que se alargam depois de entrar no muro: se dilatam devagar, ganhando cada vez mais espaço. Poderia ter me tornado um ponto fixo na vida dela. Mas, para fazer isso, eu deveria ter sido mais decidida. Quando ela disse: "Agora você precisa realmente ir", deveria ter ficado. Poderia ter ficado num quarto de hotel ali perto, tornando todos os dias a bater na porta dela, insistindo até transformar aquela fenda numa passagem. Faltava muito pouco, eu sabia disso.

Mas não o fiz: por covardia, preguiça e falso senso de pudor, obedeci à sua ordem. Eu mesma detestara a intromissão da minha mãe, queria ser um outro tipo de mãe, queria respeitar sua liberdade de vida. Por trás da máscara da liberdade, se esconde amiúde o descuido, o desejo de não nos envolvermos. A fronteira é extremamente sutil, superá-la ou não é questão de momento, de uma decisão que tomamos na hora ou não tomamos nunca, e só percebemos sua importância depois de o momento já ter passado. E só então podemos nos arrepender, só então percebemos que naquela hora não devia haver liberdade, mas intrusão: estávamos lá, tínhamos consciência, dessa consciência devia ter nascido a obrigação de agir. O amor não combina com os preguiçosos; para existir em sua plenitude, muitas vezes exige gestos decididos e fortes. Está entendendo? Eu disfarçara minha covardia e indolência dando-lhes o nobre nome de liberdade.

A ideia do destino costuma nos chegar à mente apenas com a idade. Quando jovens, como você, geralmente não pensamos no assunto, percebemos tudo que acontece como fruto da nossa vontade. Sentimo-nos como pedreiros que vão construindo diante de si o próprio caminho. Só muito mais tarde é que nos damos conta de que a estrada já estava lá, de que alguém já a traçara para nós, de que só nos cabe seguir adiante. É uma conclusão a que costumamos chegar lá pelos quarenta anos, e então começamos a entender que as coisas não dependem apenas de nós. É um momento perigoso, durante o qual a pessoa até pode se deixar tragar por um fatalismo claustrofóbico. Para se ver o destino em toda a sua realidade, é preciso deixar passar alguns anos mais. Lá pelos sessenta, quando o caminho que deixamos para trás é maior que o que ainda temos pela frente, notamos uma coisa que jamais havíamos notado antes: a estrada já então percorrida não era reta, mas repleta de bifurcações, a cada passo uma seta indicando uma direção diferente; dali se afastava uma trilha, mais adiante uma senda relvosa que se perdia entre os bosques. Entramos em alguns desses caminhos sem sequer perceber; em certos casos, nem chegamos a reparar na existência do desvio; as entradas descartadas não sabemos aonde poderiam ter nos levado; talvez tivessem nos levado a um lugar melhor, talvez a um pior; não sabemos, e ainda assim não podemos deixar de sentir certa amargura. Podíamos fazer uma coisa, mas não fizemos, voltamos para trás em vez de avançarmos. O jogo serpentes e escadas, você se lembra? A vida procede mais ou menos do mesmo jeito.

Ao longo do percurso, deparamos com outras vidas: conhecê-las ou não, vivê-las profundamente ou deixá-las de lado só depende da nossa escolha do momento. Mesmo que não o saibamos, ao escolhermos um caminho em vez de outro, podemos estar arriscando a nossa própria existência, bem como a de quem nos acompanha.

22 de novembro

Esta noite o tempo mudou, chegou a ventania do leste e em poucas horas varreu para longe todas as nuvens. Antes de começar a escrever, dei um passeio pelo jardim. O bora, esse vento tão típico da região de Trieste, ainda soprava com força, se enfiando por debaixo das roupas. Buck estava eufórico, queria brincar, saltitava ao meu lado com uma pinha na boca. Com o pouco de energia que me resta, só consegui lançá-la uma vez, voou para muito perto, mas ele ficou feliz assim mesmo. Depois de verificar as condições de saúde da sua rosa, fui visitar a nogueira e a cerejeira, as minhas árvores preferidas.

Lembra-se de como você brincava comigo quando me via parada acariciando os troncos? "O que pensa que está fazendo", você gracejava, "acha que são as costas de um cavalo?" Quando eu explicava que passar a mão na casca de uma árvore é exatamente a mesma coisa que tocar qualquer outro ser vivo, aliás, até melhor, você dava de ombros e saía irritada. Por que melhor? Porque, quando afago a cabeça de Buck, por exemplo, é claro que sinto alguma coisa quente, vibrante, mas essa coisa sempre revela uma sutil agitação. É a hora de comer que já está chegando ou não, é a saudade de você, ou então apenas a lembrança de um sonho ruim. Está entendendo? No cão, assim como no homem, há pensamentos demais, exigências demais. Alcançar a paz de espírito é algo que jamais depende apenas dele.

A árvore, por sua vez, é de todo diferente. Desde o momento em que brota até a hora em que morre, permanece parada no mesmo lugar. Com as raízes, fica mais próxima do coração da terra que qualquer outra coisa; com sua copa, é o que mais se aproxima do céu. Escorre-lhe a seiva por dentro, de baixo para cima, de cima para baixo. Ela se expande e se retrai conforme a luz do dia. Espera a chuva, espera o sol, espera o rolar das estações, espera a morte. Nenhuma das coisas que lhe permitem viver depende de sua vontade. Ela só existe, nada mais. Compreende agora por que é bom passar a mão nelas? Por sua, solidez, por sua respiração, tão longa, pacata, profunda. Em algum lugar da Bíblia está escrito que Deus tem narinas largas. Embora possa parecer um tanto irreverente, toda vez que tentei imaginar a aparência do Ser Divino me veio à mente a forma de um carvalho.

Na casa da minha infância havia um, tão grande que duas pessoas mal conseguiam abraçar o tronco. Já com quatro ou cinco anos, eu gostava de ir vê-lo. Ficava ali, sentia a umidade da grama sob o meu traseiro, o vento fresco entre os cabelos e no rosto. Eu respirava e sabia haver uma ordem superior nas coisas, de que eu fazia parte com tudo ao meu redor. Apesar de ainda não conhecer a música, alguma coisa cantava dentro de mim. Não saberia lhe dizer o tipo de melodia; não havia um refrão definido nem uma ária. Mais parecia um fole a soprar com ritmo regular e poderoso perto do meu coração, e esse sopro, expandindo-se por todo o meu corpo e minha mente, produzia uma grande luz, uma luz de dupla natureza: a sua própria e a da música. Eu me sentia feliz por existir, e além dessa felicidade para mim nada mais havia.

Talvez você ache um tanto estranho ou excessivo que uma criança possa intuir algo assim. Infelizmente, estamos acostumados a imaginar a infância como um período de cegueira, de falta, não como uma fase de muita riqueza. E, apesar de tudo, bastaria fitar os olhos de um recém-nascido para percebermos que na verdade é assim. Você já fez isso? Experimente, quando tiver oportunidade. Limpe sua mente de qualquer preconceito e fique olhando. Como é o olhar dele? Vazio, inconsciente? Ou antigo, extremamente remoto, sábio? As crianças têm em si, naturalmente, uma percepção mais profunda; somos nós, os adultos, que a perdemos e nem queremos admitir. Com quatro ou cinco anos, eu nada sabia de religião, de Deus, de todas essas embrulhadas em que os homens se meteram falando dessas coisas.

Pois é, quando chegou a hora de decidir se você deveria fazer ou não o curso de religião na escola, fiquei muito tempo em dúvida. Por um lado, eu me lembrava de como havia sido catastrófico o meu choque com os dogmas; por outro, tinha certeza absoluta de que na educação, além da mente, também é preciso ter em conta o espírito. A solução surgiu por si mesma, no dia em que morreu o seu primeiro porquinho-da-índia. Você o segurava nas mãos e me olhava, perplexa. "Onde é que ele está agora?", perguntou. Respondi com a mesma pergunta: "O que é que você acha, onde é que ele está agora?" Lembra-se do que você disse? "Está em dois lugares. Um pouquinho aqui e um pouquinho nas nuvens." Naquela mesma tarde, nós o enterramos com uma pequena cerimônia. Ajoelhada diante do túmulo miúdo, você recitou sua prece: "Seja feliz, Tony. Um dia nos veremos de novo".

Talvez eu nunca tenha lhe contado, mas passei meus primeiros cinco anos na escola com as freiras, no Instituto do Sagrado Coração. Você nem pode imaginar o estrago que isso provocou na minha mente, já tão volúvel. No saguão do colégio, as freiras mantinham montado, o ano todo, um enorme presépio. Havia o menino Jesus no estábulo, com o pai, a mãe, o boi e o burrinho, e em volta uma série de montes e vales de papel machê povoados apenas por um rebanho de ovelhas. Cada pequena ovelha era uma aluna, que, conforme o seu comportamento naquele dia, era aproximada ou afastada da cabana de Jesus. Todas as manhãs, passávamos por ali antes de entrar na sala de aula e éramos forçadas a reparar na nossa colocação. Do lado oposto ao da cabana, havia um precipício muito fundo; era ali que ficavam as piores, com duas patinhas já suspensas no vazio. Dos seis aos dez anos, vivi condicionada pelas andanças da minha ovelhinha.

Nem preciso dizer que quase nunca se afastou da beira do abismo.

Dentro de mim, com toda a minha vontade, procurava respeitar os mandamentos que me haviam sido ensinados. Fazia-o por esse conformismo natural que é típico das crianças, mas não só por isso: realmente acreditava que era preciso me portar bem, não mentir, evitar as vaidades. E, apesar disso, estava sempre a ponto de despencar. Por quê? Por meras ninharias. Quando aos prantos ia uma vez mais falar com a superiora para saber o motivo daquele novo deslocamento, ela respondia: "Porque ontem estava usando uma fita muito grande na cabeça... Porque ao sair da escola uma colega a ouviu cantarolar... Porque não lavou as mãos antes de se sentar à mesa". Está entendendo? Uma vez mais minhas culpas eram exteriores, exatamente iguais às que minha mãe me imputava. O que se estava ensinando não era a coerência, e sim o conformismo. Um dia, já no limite extremo do precipício, desatei a chorar, dizendo: "Mas eu amo Jesus". E sabe o que disse então a freira que estava perto? "Ah, além de bagunceira, você também é mentirosa. Se realmente amasse Jesus, cuidaria melhor dos seus cadernos." E zás, com uma pancadinha do indicador fez cair no abismo a minha pequena ovelha.

Em decorrência, acho que fiquei dois meses sem conseguir dormir. Assim que fechava os olhos, sentia o tecido do colchão sob as minhas costas se transformar em chamas, e vozes horrendas zombeteavam dentro de mim, dizendo: "Não perde por esperar, agora vamos pegar você". Obviamente, nunca toquei no assunto com meus pais. Vendo-me pálida e nervosa, minha mãe dizia: "A menina está esgotada", e lá ia eu engolir, sem um pio, colheradas e mais colheradas de xaropes tonificantes.

Sabe-se lá quantas pessoas sensíveis e inteligentes se afastaram para sempre das questões do espírito por causa de episódios como esse. Toda vez que ouço alguém dizer que está com saudade dos anos de escola, que foram os melhores da vida, fico sem palavras. Para mim, aquele foi um dos piores períodos da minha vida, talvez mesmo o pior, em termos absolutos, pela sensação de impotência que o marcava. Durante todo o primário, travei uma luta feroz entre a vontade de permanecer fiel ao que sentia dentro de mim e o desejo de aderir, embora o considerasse falso, àquilo em que acreditavam os demais.

É engraçado, mas, revivendo agora as emoções daquela época, chego a pensar que a minha grande crise de crescimento não se deu, como sempre acontece, durante a adolescência, mas justamente naqueles anos de infância. Aos doze, treze, catorze anos, já possuía uma triste estabilidade. As grandes perguntas metafísicas tinham pouco a pouco se afastado para dar lugar a novas e inócuas fantasias. Ia à igreja aos domingos e feriados sacramentados, me ajoelhava com ar compungido ao lado da minha mãe para receber a hóstia, mas, ao fazê-lo, pensava em outras coisas. Por isso mesmo decidi não matriculá-la no curso de educação religiosa, e nunca me arrependi. Quando, com sua curiosidade infantil, você fazia perguntas sobre o assunto, eu procurava responder de forma direta e serena, respeitando o mistério que existe em cada um de nós. E, quando parou de perguntar, com discrição deixei de falar a respeito. Nessas coisas não podemos forçar a mão, porque, se o fizermos, acontecerá o mesmo que com os vendedores ambulantes. Quanto mais exaltam o produto, mais ficamos com a impressão de que tudo aquilo não passa de um engodo. Com você, procurei apenas não apagar o que já existia. Quanto ao resto, só podia esperar.

Não pense, todavia, que o meu caminho tenha sido tão simples; embora aos quatro anos eu já tivesse intuído a pulsação que envolve as coisas, aos sete já me esquecera de tudo. Bem no começo, na verdade, ainda percebia a música, na surdina, mas ainda audível. Parecia um córrego num desfiladeiro estreito: se ficasse parada, prestando atenção, da orla do abismo ainda podia ouvir as notas. Então o córrego se transformou num velho rádio, um rádio que não funciona direito. Uma hora, a melodia explodia alto demais; na outra, desaparecia por completo.

Meu pai e minha mãe não se cansavam de me repreender pelo meu hábito de cantar. Uma vez, durante o jantar, até levei um bofetão — o meu primeiro na vida — porque deixara escapar uma pequena ária. "Não se canta na mesa", trovejou meu pai. "Não se canta se não se é cantor", reforçou minha mãe. Eu chorava e repetia entre lágrimas: "Mas eu sinto a música por dentro". Qualquer coisa que não estivesse ligada ao mundo concreto da matéria era, para os meus pais, absolutamente incompreensível. Como seria então possível eu guardar a minha música? Deveria ter, no mínimo, o destino de um santo. Mas o meu, na verdade, era o destino cruel da normalidade.

Pouco a pouco a música desapareceu, e com ela o sentido de felicidade profunda que me acompanhara nos primeiros anos de vida. Pois é, a felicidade, justamente o que mais lastimei perder. Mais tarde, claro, até cheguei a experimentar alegria, mas a alegria está para a felicidade como uma lâmpada elétrica para a luz do sol. A alegria tem sempre um objeto, fica-se alegre por algum motivo; é um sentimento cuja existência depende do exterior. A felicidade, por sua vez, não tem objeto. É algo que toma conta de nós sem motivo aparente; em sua essência, se parece com o sol, queima graças à combustão do seu próprio coração.

Com o passar dos anos, abandonei a mim mesma, a parte mais profunda de mim, para me tornar outra pessoa, aquela em que meus pais esperavam que eu me transformasse. Deixei de lado a minha personalidade para adquirir um caráter. O caráter, como você certamente vai descobrir, é muito mais apreciado no mundo que a personalidade.

Mas o caráter e a personalidade, ao contrário do que muitos pensam, não se dão lá tão bem, e na maioria dos casos o primeiro exclui peremptoriamente a segunda. Minha mãe, por exemplo, tinha um caráter forte, era determinada em cada um dos seus atos, e não havia nada, absolutamente nada, que pudesse arranhar essa sua determinação. Eu era exatamente o contrário. No dia a dia, não havia o que pudesse me arrebatar. Ficava em dúvida diante de cada escolha, demorava tanto que no fim, perdendo a paciência, quem estava por perto acabava decidindo por mim.

Não pense que foi fácil e natural deixar de lado a personalidade para aparentar um caráter. No fundo de mim, alguma coisa continuava a se rebelar, uma parte desejava continuar sendo eu mesma, ao passo que a outra, para ser amada, queria se adaptar às exigências do mundo. Uma batalha e tanto! Eu detestava minha mãe, sua maneira de ser superficial e vazia. Detestava-a e mesmo assim, lentamente e contra a minha vontade, estava me tornando exatamente como ela. Essa é a grande e terrível chantagem da educação, uma chantagem de que é quase impossível fugir. Criança alguma pode viver sem amor. É por isso que acabamos nos adaptando aos padrões exigidos, mesmo que não gostemos nem um pouco, mesmo que não nos pareça justo. O efeito de tal mecanismo não desaparece com a idade adulta. Logo que você se torna mãe, ele volta à tona sem querermos ou percebermos, moldando mais uma vez nossas ações. Assim, quando a sua mãe nasceu, eu tinha certeza absoluta de que iria me portar de maneira diferente. E, de fato, foi o que fiz, mas essa diferença era totalmente superficial, falsa. Para não impor um modelo à sua mãe, como me fora imposto tão prematuramente, sempre a deixei livre para suas escolhas, queria que ela se sentisse aprovada em todas as suas ações, ficava o tempo todo lhe dizendo: "Somos duas pessoas diferentes e precisamos nos respeitar nessa diversidade".

Havia um engano nisso tudo, um erro grave. Sabe qual era? Era a minha falta de identidade. Embora adulta, eu não tinha certeza de nada. Não conseguia amar a mim mesma, não tinha apreço por mim. Graças à sensibilidade sutil e oportunista que caracteriza as crianças, sua mãe se deu conta disso quase imediatamente: percebeu que eu era fraca, frágil, fácil de ser vencida. A imagem que me vem à mente, ao pensar no meu relacionamento com ela, é a da árvore e sua planta parasita. A árvore é mais velha, mais alta, está ali há muito tempo, e suas raízes são mais profundas. A parasita brota a seus pés em uma só estação; mais que raízes, ela tem rabichos, filamentos. Embaixo de cada filamento, possui pequenas ventosas, e é com elas que vai subindo pelo tronco. Depois de um ano ou dois, já está cobrindo a copa. Enquanto sua hospedeira vai perdendo as folhas, ela continua verde. Continua a se espalhar, a se fixar, encobre-a completamente, ficando com todo o sol e toda a água. A essa altura, a árvore resseca e morre; só fica, embaixo, o tronco, como mero apoio para a planta trepadeira.

Depois do trágico desaparecimento dela, por vários anos não pensei mais na sua mãe. Às vezes me dava conta de tê-la esquecido e acusava a mim mesma de crueldade. Eu precisava cuidar de você, é verdade, mas não creio que fosse esse o verdadeiro motivo, ou talvez fosse, mas só em parte. A sensação de derrota era demasiado grande para poder aceitá-la. Só nos últimos anos, quando você começou a se afastar à procura do seu próprio caminho, a imagem da sua mãe me voltou à mente, se tornou uma obsessão. O arrependimento maior é o de nunca ter tido a coragem de enfrentá-la, de dizer a ela: "Está inteiramente errada, está fazendo uma grande bobagem". Eu percebia que nas frases dela havia palavras de ordem extremamente perigosas, coisas que, para o bem dela, eu deveria ter arrancado de uma vez por todas, e apesar de tudo evitava intervir. A indolência nada tinha a ver com o assunto. As coisas sobre as quais discutíamos eram fundamentais. O que me forçava a agir — ou melhor, a não agir — era a atitude que me fora ensinada por minha mãe. Para ser amada, eu precisava evitar o choque, devia fingir ser aquilo que não era. Ilaria era naturalmente prepotente, tinha mais caráter, e eu receava a luta aberta, preferia não me opor. Se realmente a amasse, devia ter ficado indignada, devia tê-la tratado com dureza, forçando-a a fazer ou não fazer certas coisas. Talvez ela quisesse isso mesmo, talvez esperasse isso de mim.

Às vezes me pergunto por que as verdades elementares são as mais difíceis de entender. Se eu tivesse compreendido, então, que a primeira qualidade do amor é a força, provavelmente os fatos teriam se dado de outro jeito. Para ser forte, contudo, a pessoa precisa antes de mais nada amar a si mesma; para amar a si mesma, precisa se conhecer em profundidade, saber tudo de si, até as coisas mais ocultas, as mais difíceis de aceitar. Mas como levar adiante um processo desses enquanto a vida nos atropela com o seu alarido? Só alguém provido de qualidades extraordinárias poderia agir assim desde o começo. Aos meros mortais, às pessoas como eu e como a sua mãe, só resta o destino dos galhos e das garrafas de plástico. Alguém — ou o próprio vento — nos joga de súbito na correnteza de um rio, e graças ao material de que somos feitos conseguimos permanecer na superfície. Isso, por si só, já pode parecer uma vitória, e antes que nos demos conta já estamos deslizando velozmente na direção a que nos leva a correnteza. De vez em quando, por um acúmulo de raízes ou uma pedra, somos forçados a uma pausa; ficamos ali, meio balançados pela água, até que a água sobe e nos livramos, seguimos adiante. Quando a correnteza é tranquila, permanecemos na superfície, nas corredeiras submergimos; não sabemos para onde estamos indo e tampouco ficamos nos perguntando a respeito. Nos trechos mais calmos, podemos até apreciar a paisagem, as margens, as moitas; mais que os detalhes, vemos as formas, o matiz, corremos rápido demais para distinguir qualquer outra coisa. Então, com o passar do tempo e dos quilômetros, as margens se afastam, o rio fica mais largo. "Para onde estou indo?", nos perguntamos, e nessa mesma hora o mar se abre à nossa frente.

A maior parte da minha vida foi assim. Mais que nadar, bracejei. Com gestos inseguros e confusos, sem elegância nem alegria, consegui apenas me manter na superfície.

Por que estou lhe contando isso? O que significam estas confissões tão longas e tão íntimas? Pode ser que a essa altura você já esteja cheia, já tenha folheado as páginas bufando. Aonde ela quer chegar, deve ter se perguntado, aonde quer me levar? É verdade, gosto de divagar e, no discurso, muitas vezes deixo o caminho principal e me demoro em trilhas despretensiosas. Dou a impressão de estar perdida, e talvez não seja só impressão: me perdi de verdade.

Mas o que você tanto busca, o centro, exige justamente esse caminho.

Lembra-se de quando eu lhe ensinava a preparar panquecas? Quando virá-las no ar, eu dizia, deve pensar em tudo menos no fato de elas terem de cair direito na frigideira. Se pensar demais no voo, pode ter certeza de que vão cair enroladas, ou se estatelar direto no fogão. É engraçado, mas é justamente a distração que nos faz chegar ao centro, ao coração das coisas.

Em vez do coração, agora é o meu estômago que toma a palavra. Está resmungando, e com razão, pois entre uma panqueca e uma viagem ao longo do rio já está na hora de jantar. Agora vou deixá-la, mas antes lhe mando mais um odiado beijo.

29 de novembro

A ventania de ontem fez uma vítima; encontrei-a esta manhã durante o passeio costumeiro pelo jardim. Parecia quase uma sugestão do meu anjo da guarda: em vez de dar, como sempre, uma volta simples em torno da casa, fui até a cerca dos fundos, onde antigamente havia o galinheiro, que agora usamos como estrumeira. Na hora de passar perto da mureta que nos separa da família de Walter, reparei em algo escuro. Poderia ser uma pinha, mas não era, pois, a intervalos bastante regulares, se mexia. Eu estava sem óculos e só quando cheguei muito perto foi que vi a jovem mélroa. Para pegá-la, quase corri o risco de quebrar o fêmur. Toda vez que estava prestes a alcançá-la, ela dava mais um pulinho para a frente. Quando eu era moça a teria pegado num piscar de olhos, mas com a idade me tornei demasiado lenta. Tive, então, uma ideia genial: tirei o lenço da cabeça e o joguei em cima dela. Assim envolta, levei-a para casa e a coloquei numa velha caixa de sapatos, que enchi de trapos, e fiz uns buracos na tampa, deixando um largo o bastante para que a cabeça pudesse sair.

Enquanto escrevo, está aqui na mesa, à minha frente; ainda não lhe dei nada de comer, pois está muito agitada. Ao vê-la assim, eu mesma acabo ficando agitada, seu olhar amedrontado me deixa sem jeito. Se neste momento aparecesse uma fada, se me cegasse brilhando repentinamente entre a geladeira e o fogão, sabe o que eu pediria? Pediria o anel do rei Salomão, aquele intérprete mágico que permite falar com todos os animais do mundo. Então poderia dizer à mélroa: "Não se preocupe, minha boa menina, embora eu seja um ser humano, garanto que tenho as melhores intenções. Vou cuidar de você, vou alimentá-la e, assim que ficar boa, vou soltá-la novamente no céu".

Mas voltemos a nós. Ontem nos deixamos na cozinha, após a minha prosaica parábola sobre as panquecas. Creio que consegui irritá-la. Na juventude as pessoas costumam pensar que a descrição de coisas grandes precisa de palavras ainda maiores, pomposas. Pouco antes de você partir, deixou embaixo do meu travesseiro uma carta em que procurava explicar o seu mal-estar. Agora que já está longe, posso finalmente lhe confessar que daquela carta — à parte justamente a sensação de mal-estar — não entendi nada. Tudo era muito complicado, muito obscuro. Sou uma pessoa simples, e a época a que pertenço é bastante diferente da sua: se uma coisa é branca, digo que é branca; se é preta, digo que é preta. A solução dos problemas depende da experiência de todos os dias, de ver as coisas como realmente são, e não como, de acordo com a opinião de alguém, deveriam ser. No momento em que começamos a jogar fora o peso morto, a eliminar o que não nos pertence e que vem de fora, já estamos no bom caminho. Às vezes, tenho a impressão de que, em vez de nos ajudar, o que lemos só serve para nos confundir: parece-me que deixa à nossa volta uma nuvem escura como a das sibas ao fugirem do predador.

Antes de decidir partir, você me apresentou uma escolha: um ano no exterior, ou vou parar no psicanalista. Minha reação foi dura, você se lembra? Pode ficar fora até três anos, eu disse, mas, quanto ao psicanalista, trate de tirar da cabeça; não a deixaria ir nem mesmo que pagasse do seu bolso. Você ficou muito impressionada com essa reação tão extrema. Afinal de contas, propondo o psicanalista, você achava estar propondo um mal menor. Embora não houvesse protestos da sua parte, imagino que me julgasse demasiado velha para entender essas coisas, ou não suficientemente informada. Engano seu. De Freud, eu já ouvia falar desde menina. Um dos irmãos do meu pai era médico e, tendo estudado em Viena, tomara conhecimento das suas teorias. Ficara entusiasmado, e toda vez que vinha jantar procurava convencer meus pais da eficácia delas. "Nunca vai me convencer de que, se sonho com espaguete, é porque estou com medo da morte", trovejava então minha mãe. "Se sonho com espaguete, só pode querer dizer que estou com fome." De nada adiantavam as tentativas do tio de explicar que tal obstinação dela decorria de um deslocamento, que o seu pavor da morte era inquestionável, pois o espaguete representava vermes, e vermes eram no que um dia todos nós nos transformaríamos. E sabe o que fazia minha mãe, então? Após um curto silêncio, desabafava com sua voz de soprano: "E se eu sonhar com penne?"

Meus encontros com a psicanálise, no entanto, não se limitam a essa história infantil. Sua mãe se tratou com um suposto psicanalista durante dez anos; quando morreu, ainda estava em tratamento, e tive oportunidade de acompanhar, embora por reflexo, todo aquele relacionamento. No começo, para dizer a verdade, ela nada me contava, pois essas coisas, como você bem sabe, exigem certo segredo profissional. Mas o que me surpreendeu quase imediatamente — e em sentido negativo — foi a total e instantânea sensação de dependência. Ainda não se passara um mês e já toda a vida dela orbitava em torno daquela consulta, daquilo que durante aquela hora acontecia entre ela e aquele homem. Ciúme, você vai dizer. Talvez, pode ser, mas o que mais importava não era isso; o que me afligia era, antes, o incômodo de vê-la escrava de uma nova dependência, primeiro a política e agora o relacionamento com aquele homem. Ilaria o conhecera durante o seu último ano em Pádua, e era justamente a Pádua que ela ia uma vez por semana. Quando me comunicou essa sua nova atividade, fiquei um tanto perplexa e comentei: "Você acha realmente necessário ir até lá para encontrar um bom médico?"

Por um lado, a decisão de recorrer a um médico para sair da sua condição de eterna crise me dava uma sensação de alívio. No fundo, dizia a mim mesma, se Ilaria decidiu pedir ajuda a alguém, já é um bom sinal. Por outro, todavia, conhecendo sua fragilidade, estava preocupada com a escolha do profissional a quem se confiara. Entrar na cabeça de outra pessoa é sempre muito delicado. "Como foi que o encontrou?", eu perguntava então. "Foi indicado por algum amigo?", mas como resposta ela só dava de ombros. "Você não vai entender", dizia, cortando a frase com um silêncio cheio de superioridade.

Embora em Trieste ela morasse sozinha, tínhamos o hábito de almoçar juntas pelo menos uma vez por semana. Desde o início da terapia, nossas conversas nessas ocasiões se mantinham numa grande e proposital superficialidade. Falávamos do que acontecia na cidade, do tempo; se o tempo estivesse bom e nada acontecesse na cidade, ficávamos quase completamente caladas.

Logo depois da sua terceira ou quarta viagem a Pádua, no entanto, percebi uma mudança. Em lugar de não falarmos sobre nada, agora era ela quem fazia perguntas: queria saber tudo do passado, de mim, do pai dela, do nosso relacionamento. Não havia carinho em suas perguntas, nem curiosidade — o tom era o de um interrogatório. Ficava repetindo a mesma pergunta, insistindo em detalhes microscópicos, insinuando dúvidas sobre episódios que ela mesma vivera e que lembrava perfeitamente. Nem me parecia estar falando com a minha filha naquelas horas, e sim com um detetive de polícia que queria me arrancar de qualquer maneira a confissão de um crime. Um dia, perdendo a paciência, retruquei: "Seja clara, diga logo aonde quer chegar". Ela olhou para mim com um olhar levemente irônico, segurou o garfo, deu uma pancadinha no copo e, quando o cristal tilintou, disse: "A um só lugar, ao ponto final. Quero saber quando e por que você e o seu marido cortaram as minhas asas".

Aquele almoço foi o último em que concordei em me sujeitar àquela saraivada de perguntas. Já na semana seguinte, eu lhe disse pelo telefone que podia vir, mas só se entre nós houvesse diálogo, não um processo.

Será que eu tinha o rabo preso? Sim, tinha o rabo preso, havia muitas coisas que eu deveria ter contado a Ilaria, mas não me parecia justo nem saudável desvendar algo tão delicado sob o fogo cerrado de um interrogatório. Se aceitasse as regras dela, em vez de instaurar um relacionamento novo entre duas pessoas adultas, eu ficaria única e definitivamente com o papel da criminosa, e ela com o de vítima completa, sem possibilidade de redenção.

Só voltei a lhe falar da terapia vários meses mais tarde. Àquela altura, o analista organizava retiros que duravam o fim de semana todo; ela estava muito mais magra, e em sua conversa havia algo de desvairado que eu nunca notara antes. Contei a ela a respeito do irmão do avô, dos seus primeiros contatos com a psicanálise e, como quem não quer nada, perguntei: "A que escola pertence o seu analista?" "A nenhuma", ela respondeu, "ou melhor: a uma que ele próprio fundou."

A partir daí, o que até então havia sido mera ansiedade se tornou verdadeira e aflita preocupação. Consegui descobrir o nome do médico e, após uma investigação, também descobri que nem médico era. As esperanças que no começo eu tivera quanto aos efeitos benéficos da terapia desmoronaram na mesma hora. Obviamente, não era a falta de um diploma em si o que despertava minhas suspeitas, mas a falta do diploma *e* as condições cada vez mais deterioradas de Ilaria. Se de fato se tratasse de cura, fiquei pensando, depois de uma primeira fase de mal-estar deveria se firmar uma fase de maior bem-estar; lentamente, entre dúvidas e recaídas, haveria cada vez mais consciência serena. Ao contrário, Ilaria tinha pouco a pouco deixado de mostrar interesse por tudo que a cercava. Já fazia muito tempo que concluíra os estudos, mas continuava sem fazer coisa alguma, se afastara dos poucos amigos que tinha, e sua única atividade consistia em perscrutar os movimentos da alma com a obsessão de um entomologista. O mundo girava ao redor do que ela tinha sonhado à noite, de uma frase que eu ou o pai dela lhe disséramos vinte anos antes. Diante do desmoronamento da vida dela, eu me sentia completamente impotente.

Somente três verões mais tarde, durante algumas semanas, abriu-se uma fresta de esperança. Logo após a Páscoa, eu lhe propus fazer uma viagem comigo. Em vez de recusar a ideia de cara, para a minha grande surpresa Ilaria ergueu os olhos do prato, dizendo: "E aonde pensa que poderíamos ir?" "Sei lá", respondi, "aonde você quiser, a qualquer lugar que nos dê na veneta."

Naquela mesma tarde, começamos a procurar agências de viagens. Lemos inúmeros panfletos por semanas a fio em busca de alguma coisa do nosso agrado. Finalmente, escolhemos a Grécia — Creta e Santorini — no fim de maio. As coisas práticas a serem resolvidas antes da viagem nos uniram numa cumplicidade que nunca tivéramos antes. Ela era obcecada pelas malas, pelo terror de esquecer alguma coisa de importância fundamental; para tranquilizá-la, eu lhe dei um caderninho. "Tome nota de todas as coisas de que vai precisar", eu disse. "Depois de colocá-las na mala, vá riscando."

À noite, na hora de ir para a cama, eu lamentava não ter pensado antes que uma viagem juntas era uma excelente maneira de tentar remendar um relacionamento rasgado. Na sexta-feira anterior à viagem, Ilaria me telefonou com voz metálica. Devia estar ligando de um telefone público. "Preciso ir a Pádua", disse, "voltarei no máximo terça-feira à noite." "Precisa mesmo?", perguntei, mas ela já desligara.

Não tive notícias dela até a quinta-feira seguinte. O telefone tocou às duas horas; o tom dela estava indeciso entre a frieza e a lástima. "Sinto muito", disse, "mas não posso ir à Grécia." Esperou a minha reação, assim como eu. Depois de alguns segundos, respondi: "Eu também sinto. De qualquer maneira, vou". Ela entendeu a minha decepção e procurou se justificar. "Se eu fosse, seria como fugir de mim mesma", murmurou.

Nem preciso lhe dizer que foram férias muito tristes; eu tentava prestar atenção nos guias, me interessar pela paisagem, pela arqueologia, mas na verdade só estava pensando na sua mãe, no que iria se tornar a vida dela.

Ilaria, eu dizia a mim mesma, parece um camponês que, após semear a horta e ver nascer os primeiros brotos, fica com medo de alguma coisa não dar certo. Então, para protegê-los das intempéries, compra uma boa lona de plástico à prova d'água e vento e a coloca por cima; para manter longe as larvas e as pragas, vaporiza grande quantidade de inseticida. É um trabalho ininterrupto, nem por um momento da noite ou do dia ele deixa de pensar na horta e na maneira de defendê-la. Até que, um belo dia, levantando a lona, tem a desagradável surpresa de encontrar tudo morto e bolorento. Se tivesse deixado os brotos livres para crescer, alguns teriam morrido de qualquer maneira, mas outros teriam sobrevivido. Ao lado das plantas semeadas, trazidas pelo vento e pelos insetos, outras teriam crescido; algumas poderiam ser ervas daninhas, e ele as extirparia, mas outras poderiam ser flores que com sua cor iriam alegrar a monotonia da horta. Está entendendo? É assim que as coisas funcionam, é preciso haver generosidade na vida. Cultivar o próprio pequeno caráter sem ver nada mais do que está em volta significa ainda respirar, mas já estar morto.

Impondo excessiva rigidez à mente, Ilaria suprimira dentro de si a voz do coração. De tanto discutir com ela, até eu tinha medo de proferir essa palavra.

Uma vez, quando ela era ainda adolescente, eu lhe dissera: o coração é o centro do espírito. Na manhã seguinte, encontrei na mesa da cozinha o dicionário aberto no verbete espírito. Com um lápis vermelho, ela sublinhara a definição: líquido incolor apropriado para a conservação de frutas.

A essa altura dos acontecimentos, coração já faz pensar em algo ingênuo e barato. Quando eu era jovem, ainda era possível mencioná-lo sem embaraço; agora, porém, é um termo que ninguém mais usa. Nas raras vezes em que é mencionado, só o é para que seja lembrada alguma das suas disfunções: não é o coração em sua totalidade, e sim uma isquemia coronariana, uma ligeira dor atrioventricular; mas dele inteiro, dele como centro da alma humana, já não se fala. Já fiquei muitas vezes a imaginar as razões de tal ostracismo. "Quem confia no próprio coração é um insensato", dizia amiúde Augusto, citando a Bíblia. E por que cargas d'água deveria ser insensato? Talvez porque o coração se pareça com uma câmara de combustão? Porque está escuro lá dentro, há escuridão e fogo? A mente é tão moderna quanto o coração é antigo. Quem liga para o coração — pensa-se então — ainda está perto do mundo animal, do descontrolado, ao passo que quem cuida da razão se aproxima das mais elevadas reflexões.

E se as coisas não forem assim, se a verdade for exatamente o contrário? Se for justamente o excesso de razão o que desnutre a vida?

No navio, durante a viagem de volta da Grécia, eu me acostumei a passar uma parte da manhã perto do passadiço. Gostava de dar uma olhada, ver o radar e toda aquela aparelhagem complicada que dizia para onde estávamos indo. Ali, observando um dia as várias antenas que vibravam no ar, pensei que o homem cada vez mais se parece com um rádio capaz de sintonizar apenas uma faixa de frequência. É mais ou menos o que acontece com os radinhos que vêm de brinde nos pacotes de sabão em pó: embora todas as emissoras apareçam no dial, nunca se consegue pegar mais de uma ou duas, e todas as demais continuam zumbindo no ar. Tenho a impressão de que o uso excessivo da mente conduz aproximadamente aos mesmos resultados: de toda a realidade que nos cerca, só conseguimos perceber uma faixa restrita. E muitas vezes essa parte está entregue à maior confusão, pois nela imperam as palavras, e as palavras, na maioria dos casos, em lugar de abrir caminho para espaços mais amplos, só nos levam de volta ao ponto de partida.

A compreensão exige o silêncio. Quando era jovem, eu não sabia disso, mas sei agora, ao circular pela casa muda e solitária como um peixe em sua redoma de cristal. É mais ou menos como limpar o chão com a vassoura ou com um pano molhado: se usamos a vassoura, quase toda a poeira fica no ar e se deposita nos objetos vizinhos; se, ao contrário, usamos um pano molhado, o chão fica liso e reluzente. O silêncio é como o pano úmido, afasta de vez a opacidade do pó. A mente é prisioneira das palavras; se houver um ritmo que lhe seja próprio, só poderá ser o ritmo desordenado do pensamento. O coração, por sua vez, respira, de todos os órgãos é o único que pulsa, e é essa pulsação que lhe permite entrar em sintonia com pulsações mais amplas. Às vezes me acontece deixar, quase sempre por distração, a televisão ligada a tarde toda; embora não a veja, seu ruído me acompanha pela casa, e à noite, quando vou para a cama, me sinto mais nervosa que de costume e custo a adormecer. O ruído contínuo, o barulho são como uma droga: depois que você se acostuma, já não pode viver sem eles.

Não quero divagar em demasia, pelo menos por enquanto. Nas páginas que hoje escrevi, é como se eu tivesse preparado uma torta misturando várias receitas: um punhado de amêndoas e em seguida a ricota, uvas-passas e uma dose de rum, alguns biscoitos champanhe e marzipã, chocolate e morangos — em resumo, uma daquelas coisas horríveis que uma vez você me fez experimentar dizendo se tratar da tão falada *nouvelle cuisine*. Uma mixórdia? Talvez. Imagino que, se fossem lidas por um filósofo, ele não resistiria à tentação de riscar tudo com o lápis vermelho, como as professoras de antigamente. "Incongruente", anotaria, "sem tema definido, dialeticamente insustentável."

O que dizer, então, se caíssem nas mãos de um psicólogo! Ele acabaria escrevendo todo um ensaio sobre o relacionamento frustrado com a minha filha, sobre tudo aquilo que eu procuro esquecer. E, mesmo que eu tivesse esquecido alguma coisa, faria diferença? Tinha uma filha e a perdi. Morreu ao se espatifar com o carro. No mesmo dia, eu lhe revelara que aquele pai que no entender dela lhe fizera tanto mal não era o seu verdadeiro pai. Aquele dia está presente diante de mim como a película de um filme, só que, em vez de sair do projetor, está fixada na parede. Conheço de cor a sequência das cenas, de cada cena conheço os pormenores. Nada esqueço, está tudo dentro de mim, pulsa em meus pensamentos quando estou acordada e quando durmo. Continuará a pulsar ainda depois da minha morte.

A mélroa acordou, a intervalos regulares põe a cabeça para fora do buraco e dá um pio decidido. "Estou com fome", parece dizer, "está esperando o que para me dar comida?" Eu me levantei, fui à geladeira, olhei para ver se havia alguma coisa apropriada para ela. Uma vez que nada havia, peguei o telefone para perguntar ao senhor Walter se por acaso tinha minhocas. Enquanto discava o número, disse a ela: "Sorte sua, minha pequena: nasceu de um ovo e, depois do primeiro voo, esqueceu por completo a aparência dos seus pais".

30 de novembro

Hoje de manhã, pouco antes das nove, Walter e a mulher apareceram com um saquinho de minhocas. Conseguiu arrumá-las com um primo que gosta de pescar. Eram larvas da farinha. Ajudada por ele, tirei delicadamente a pequena mélroa da caixa, sob as penas macias do peito o pequeno coração batia disparado. Com uma pinça de metal, peguei os vermes do pratinho e lhe ofereci. Apesar de esvoaçá-los de forma apetitosa diante do seu bico, ela nem quis saber. "Abra-o com a ajuda de um palito", aconselhava o senhor Walter, "force-o com os dedos", mas eu obviamente não tinha coragem. A certa altura, lembrei-me de todos os passarinhos que criamos juntas: é preciso estimular o bico de lado, quase numa carícia. E com efeito, como se houvesse uma mola por dentro, a mélroa foi logo escancarando o bico. Depois de três larvas, já estava farta. A senhora Razman preparou um bule de café — desde que a minha mão ficou fraca não posso fazê-lo — e ficamos durante algum tempo batendo papo. Sem a gentileza e a disponibilidade deles, minha vida seria bem mais difícil. Dentro de alguns dias, vão buscar num viveiro bulbos e sementes para a próxima primavera. Convidaram-me a ir com eles. Na hora, não soube o que dizer, fiquei de dar uma resposta pelo telefone amanhã às nove.

Era dia 8 de maio. Eu passara a manhã inteira cuidando do jardim; as aquilégias estavam floridas, e a cerejeira, repleta de botões. Na hora do almoço, sem avisar, sua mãe apareceu. Chegou por trás em silêncio. "Surpresa!", gritou de repente, e com o susto deixei cair o ancinho. A expressão em seu rosto contrastava com o entusiasmo fingidamente alegre da exclamação. Estava amarela e tinha os lábios contraídos. Enquanto falava, passava sem parar a mão pelos cabelos, afastava-os do rosto, puxava-os, enfiava uma mecha na boca.

De uns tempos para cá, era esse o seu estado normal, e ao vê-la assim não fiquei preocupada, pelo menos não mais que as outras vezes. Perguntei onde você estava. Ela disse que a deixara brincando na casa de uma amiga. Enquanto voltávamos para dentro de casa, tirou do bolso um ramalhete todo amassado de não-me-esqueças. "É Dia das Mães", explicou e ficou imóvel, me observando com as florzinhas nas mãos, quase com medo de dar mais um passo. Quem deu o passo fui eu: me aproximei e a abracei carinhosamente, dizendo obrigada. Ao sentir seu corpo em contato com o meu, eu me perturbei. Havia uma rigidez terrível nela, e quando a apertei ficou ainda mais rija. Eu tinha a impressão de que seu corpo, por dentro, era inteiramente oco; emanava dele o mesmo ar frio que emana das grutas. Lembro perfeitamente que naquela hora pensei em você. O que vai acontecer com a criança, perguntei a mim mesma, com uma mãe reduzida a esse estado? Com o passar do tempo, em vez de melhorar a situação vinha piorando; eu estava preocupada com você, com o seu crescimento. Sua mãe era muito ciumenta e só deixava que eu a visse o mínimo indispensável. Queria resguardá-la da minha influência negativa. Eu já havia arruinado a ela, não conseguiria fazer o mesmo com você.

Era a hora do almoço, e, depois do abraço, fui até a cozinha aprontar alguma coisa. O clima estava ameno. Pusemos a mesa ao ar livre, embaixo das glicínias. Estiquei a toalha estampada de verde e branco e, bem no meio da mesa, coloquei um pequeno vaso com os não-me-esqueças. Está vendo? Lembro-me de tudo com uma precisão incrível para a minha memória inconstante. Será que estava intuindo ser aquela a última vez que a veria viva? Ou depois da tragédia procurei dilatar artificialmente o tempo que passamos juntas? Quem sabe? Ninguém pode saber.

Uma vez que não havia nada pronto, fiz um pouco de molho de tomate. Enquanto aprontava o refogado, perguntei a Ilaria que tipo de massa queria. Lá de fora, respondeu: "Tanto faz", e escolhi fusilli. Após sentarmos, continuei perguntando de você, mas as respostas que recebi foram evasivas. Acima da nossa cabeça, havia um contínuo vaivém de insetos. Entravam e saíam das flores, o zumbido quase encobrindo nossas palavras. De repente, algo escuro caiu no prato da sua mãe. "É uma vespa. Mate-a, mate-a!", ela berrou, pulando da cadeira e virando o prato. Eu me debrucei para verificar, vi que se tratava de um zangão e disse: "Não é uma vespa, é um zangão, é inofensivo". Depois de afastá-lo da toalha, coloquei uma nova porção de massa no prato dela. Ainda transtornada, ela se sentou uma vez mais no seu lugar, pegou o garfo, ficou brincando com ele, passando-o de uma mão para a outra, fincou os cotovelos na mesa e disse: "Preciso de dinheiro". Na toalha, onde havia caído o macarrão, ficara uma grande mancha avermelhada.

Esse negócio de dinheiro já vinha se arrastando fazia alguns meses. Antes mesmo do Natal do ano anterior, Ilaria já confessara ter assinado uns papéis em favor do seu analista. Diante do meu pedido de maiores explicações, como sempre fora evasiva. "Uma espécie de garantia", tinha dito, "uma simples formalidade." Era assim que funcionava a sua atitude terrorista: quando precisava me dizer alguma coisa, só dizia pela metade. Desse jeito, descarregava sua ansiedade sobre mim e, depois de fazê-lo, não me dava as informações necessárias para que eu pudesse ajudar. Havia algum tipo de sadismo sutil naquilo tudo. Além do sadismo, uma vontade feroz de estar sempre no centro de alguma preocupação. Na maioria dos casos, no entanto, essas respostas dela não passavam de gracejos.

Dizia, por exemplo: "Estou com câncer no ovário", e eu, após uma rápida e apressada investigação, descobria que ela só tinha ido fazer o exame de controle, aquele tal esfregaço que todas as mulheres fazem. Está entendendo? Era um pouco como aquela história de olha o lobo, olha o lobo. Durante os últimos anos, haviam sido tantas as tragédias por ela anunciadas que eu já não acreditava nelas, ou então as minimizava. Assim, quando me disse ter assinado uns papéis, não dei muita importância, tampouco tentei conhecer melhor os fatos. E mesmo que tentasse, mesmo que tivesse ficado a par mais cedo, de nada adiantaria, pois ela já tinha assinado sem nada me dizer.

O tamanho do estrago só ficou claro no fim de fevereiro. Eu soube, então, que com aqueles papéis Ilaria avalizara os negócios do seu médico, num montante de trezentos milhões de liras. Naqueles dois meses, a firma para a qual ela assinara a garantia pessoal tinha ido à falência; o rombo chegava a quase dois bilhões, e os bancos já haviam começado a tentar recuperar o dinheiro investido. Foi então que sua mãe veio a mim chorando e perguntando o que fazer. A garantia, com efeito, era o apartamento em que ela morava com você, e era isso que os bancos queriam. Nem lhe conto como fiquei furiosa. Já na casa dos trinta, sua mãe não só não sabia se manter sozinha como também arriscara o único bem que possuía, o apartamento que eu pusera no nome dela quando você nasceu. Eu estava irada, mas procurei não demonstrar. Para não perturbá-la ainda mais, aparentei serenidade e disse: "Vamos ver como é que podemos sair dessa".

Já que ela se entregara a uma total apatia, procurei um bom advogado. Transformei-me em investigadora, juntei todas as informações que pudessem ser úteis para vencermos o pleito com os bancos. Foi assim que acabei sabendo que fazia anos o analista vinha lhe administrando psicotrópicos. Durante as sessões, se ela se mostrasse um tanto abatida, ele oferecia um uísque. E não parava de lhe dizer que ela era a discípula preferida, a mais dotada, e que muito em breve poderia abrir o seu próprio consultório e curar as pessoas. Fico toda arrepiada só de pensar nisso. Já imaginou Ilaria, com toda a sua fragilidade, com toda a sua confusão, com toda a sua absoluta falta de centro, sair por aí de um dia para o outro curando as pessoas? E, não fosse pela falência, quase certamente isso iria acontecer: sem me dizer nada, iria começar a exercer a mesma arte de seu guru.

Obviamente, ela jamais ousara me falar de forma explícita de tal projeto. Quando eu perguntava por que não arranjava um modo de aproveitar o seu diploma em letras, respondia com um sorriso maroto: "Deixa comigo, vou aproveitar..."

Há coisas que doem só de pensar nelas. Ao contá-las, então, provocam uma dor ainda maior. Naqueles meses impossíveis, compreendi algo a respeito dela, algo que até então nem me passara pela cabeça e que, para dizer a verdade, nem sei se deveria contar. Seja como for, uma vez que decidi nada esconder, vou soltar o verbo. Pois bem, de repente me dei conta disto: sua mãe não era nem um pouco inteligente. Custou-me muito entender isso, aceitar, pois afinal sempre nos enganamos acerca dos filhos, e também porque com toda a sua aparatosa sabedoria, com toda a sua dialética, conseguira turvar as águas bastante bem. Se eu tivesse tido a coragem de perceber antes, poderia tê-la protegido mais, teria demonstrado de forma mais decidida o meu amor por ela. Talvez, protegendo-a, tivesse conseguido salvá-la.

Era isso que mais importava, e infelizmente só percebi quando não havia mais nada a fazer. Diante da situação, àquela altura a única ação possível era declará-la incapaz, irresponsável por seus atos, mover uma ação judicial por falsidade ideológica. Quando lhe comuniquei que havíamos decidido — eu e o advogado — seguir esse caminho, sua mãe foi tomada por uma crise histérica. "Foi tudo proposital", gritava, "é tudo uma armação sua para tirar a menina de mim." Mas acredito que lá no fundo ela estava pensando principalmente numa coisa: se fosse considerada incapaz, sua carreira teria acabado antes mesmo de começar. Ilaria caminhava vendada à beira do precipício, e ainda acreditava estar no parque fazendo um piquenique. Após a crise, ela me mandou dispensar o advogado e esquecer o assunto. Arrumou outro por conta própria e até o dia dos não-me-esqueças não deu mais notícias.

Dá para entender o rebuliço na minha alma quando, de cotovelos fincados na mesa, ela veio me pedir dinheiro? Claro, sei muito bem que estou falando da sua mãe, e pode ser que agora você só perceba crueldade em minhas palavras. Mas lembre-se do que eu lhe disse no começo: sua mãe era minha filha, perdi muito mais que você. Ao passo que você é inocente quanto à sua perda, eu não, não sou nem um pouco inocente. Se achar que às vezes falo dela friamente, procure imaginar quão grande é a minha dor, como é desprovida de palavras. A frieza é, pois, apenas aparente, é o vácuo graças ao qual posso continuar falando.

Quando ela me pediu que pagasse suas dívidas, pela primeira vez na vida eu disse que não, absolutamente não. "Não sou um banco suíço", respondi, "não tenho tanto dinheiro. Mesmo que tivesse não daria, você está bastante crescida para assumir as suas responsabilidades. Era a única propriedade que eu tinha e a coloquei no seu nome; se você a perdeu, isso já não me diz respeito." Ela começou a choramingar. Iniciava uma frase, deixava-a pela metade, iniciava outra; não havia sentido nem lógica no conteúdo e na forma com que as palavras se seguiam. Depois de uns dez minutos de queixumes, empacou em sua ideia fixa: o pai e as supostas culpas dele, sendo a primeira de todas a falta de atenção em relação a ela. "Eu quero uma compensação, está entendendo?", gritava com uma luz terrível nos olhos. Então, nem sei dizer como, explodi. O segredo que jurara a mim mesma levar para o túmulo subiu aos meus lábios. Assim que escapou eu já estava arrependida, queria chamá-lo de volta, teria feito qualquer coisa para me retratar, mas era tarde demais. Aquele "Seu pai não é o seu verdadeiro pai" já lhe chegara aos ouvidos. O rosto dela se tornou ainda mais lívido. Levantou-se lentamente, sem despregar os olhos de mim. "O que foi que você disse?" Mal dava para ouvir sua voz. Eu, por meu lado, estava de novo estranhamente calma. "Você ouviu bem", respondi. "Seu pai não era o meu marido."

Como Ilaria reagiu? Simplesmente foi embora. Afastou-se parecendo mais um robô que um ser humano e se dirigiu para a saída do jardim. "Espere! Vamos conversar", gritei num tom odiosamente estrídulo.

Por que não me levantei, por que não corri atrás dela, por que no fundo nada fiz para detê-la? Porque eu mesma ficara petrificada com as minhas palavras. Procure entender, aquilo que eu guardara durante tantos anos dentro de mim, e tão firmemente, acabava de vir à tona de repente. Em menos de um segundo, como um canário que inesperadamente encontra a porta da gaiola aberta, voara para longe e alcançara a única pessoa que não deveria alcançar.

Naquela mesma tarde, às seis, enquanto ainda atordoada regava as hortênsias, um carro da polícia rodoviária veio comunicar o acidente.

Já é noite agora, tive de parar um pouco. Dei de comer a Buck e à mélroa; também comi, fiquei um pouco diante da televisão. Minha couraça em frangalhos não me permite suportar emoções fortes durante muito tempo. Para seguir adiante, preciso me distrair, tomar fôlego.

Como você sabe, sua mãe não morreu na hora, passou nove dias entre a vida e a morte. Naqueles dias, fiquei ao lado dela o tempo todo, esperava que pelo menos por um momento abrisse os olhos, que me oferecesse uma última possibilidade de pedir perdão. Estávamos sozinhas num quartinho cheio de aparelhos; uma telinha informava que o coração dela continuava batendo, outra que o cérebro estava parando. O médico que cuidava dela me dissera que, às vezes, pacientes naquelas condições encontram alívio em alguns sons que amam. Consegui então a canção de que ela mais gostava quando menina. Com um pequeno gravador, fiz com que ela a ouvisse durante horas. E, com efeito, alguma coisa deve ter lhe chegado, pois logo depois das primeiras notas a expressão em seu rosto mudou, as faces ficaram menos contraídas e os lábios começaram a se mexer como os de um neném que acaba de mamar. Parecia um sorriso de satisfação. Quem sabe, talvez na pequena parte do seu cérebro ainda ativa estivesse guardada a memória de uma época serena, e ali ela se abrigasse naquele momento. Aquela mudança sutil me encheu de felicidade. Nesses casos, procuramos nos agarrar a qualquer coisa; não me cansava de afagar-lhe a cabeça, de dizer: "Você tem que conseguir, minha menina, ainda temos toda uma vida para viver juntas, vamos recomeçar de forma diferente". Enquanto eu falava, me voltava à mente uma imagem: ela com quatro ou cinco anos, podia vê-la circular pelo jardim segurando pelo braço a sua boneca preferida, com que não parava de falar. Eu estava na cozinha, não ouvia a voz dela. Vez por outra, de algum canto do gramado, chegava até mim uma risada, uma risada franca, alegre. Se alguma vez conseguiu ser feliz, dizia a mim mesma, poderá vir a sê-lo de novo. Para que possa renascer, vai ser preciso começar dali, daquela menina.

Obviamente, a primeira coisa que os médicos me disseram após o acidente foi que, ainda que ela sobrevivesse, suas funções jamais voltariam a ser as mesmas; poderia ficar paralítica ou só parcialmente consciente. E sabe de uma coisa? No meu egoísmo materno, estava preocupada apenas com que ela vivesse. De que forma, não tinha a menor importância. Empurrar a cadeira de rodas, aliás, lavá-la, alimentá-la, cuidar dela como única finalidade da minha vida seria a melhor maneira de expiar completamente a minha culpa. Se o meu amor tivesse sido verdadeiro, realmente grande, eu teria rezado para que ela morresse. Finalmente, porém, alguém a amou mais do que eu: no fim da tarde do nono dia, o sorriso vago lhe desapareceu do rosto e ela morreu. Percebi na mesma hora, estava ali ao lado, mas não chamei logo a enfermeira de plantão, porque queria ficar mais um pouco com ela. Acariciei-lhe o rosto, apertei suas mãos entre as minhas como quando era menina, "querida", eu ficava repetindo, "minha querida". Então, sempre segurando suas mãos, eu me ajoelhei aos pés da cama e comecei a rezar. Rezando, comecei a chorar.

Quando a enfermeira pousou a mão no meu ombro, eu ainda estava chorando. "Vamos, venha comigo", disse, "vou lhe dar um calmante." Eu não quis o remédio, não queria que alguma coisa pudesse abrandar a minha dor. Fiquei ali até a hora em que a levaram para a câmara mortuária. Em seguida, peguei um táxi e fui buscar você na casa da amiga dela. Naquela mesma noite, você já estava na minha casa. "Onde está a mamãe?", perguntou durante o jantar. "Mamãe foi embora", eu lhe disse então, "foi fazer uma viagem, uma longa viagem até o céu." Com sua cabeçorra loura, você continuou a comer em silêncio. Depois do jantar, perguntou, séria: "Podemos nos despedir dela, vovó?" "Mas é claro, meu amor", respondi e, pegando-a no colo, levei-a até o jardim. Ficamos um bom tempo de pé no gramado enquanto você agitava a mãozinha olhando para o céu.

1º de dezembro

Nesses últimos dias, ando muito mal-humorada. Nada de particular aconteceu que justifique isso; o corpo é assim mesmo, tem seus equilíbrios internos, e basta uma coisinha de nada para alterá-los. Ontem de manhã, quando a senhora Razman chegou com as compras e me encontrou de cara fechada, disse que é tudo culpa da lua. A noite, com efeito, foi de lua cheia. E, se a lua pode movimentar os mares e fazer com que o agrião cresça mais rápido na horta, por que não poderia influir também nos nossos humores? De água, de gás, de minerais, não é disso que afinal somos feitos? Seja como for, antes de ir embora ela me deixou uma pilha de revistas idiotas, e passei o dia inteiro me imbecilizando com aquelas páginas. É sempre assim! Toda vez que as vejo, digo a mim mesma que só vou dar uma olhadela rápida, só para passar o tempo, meia hora no máximo, para depois me dedicar a algo mais sério. E toda vez, no entanto, fico ali grudada até ler tudo tim-tim por tim-tim. Entristece-me a vida infeliz da princesa de Mônaco, fico indignada com os amores proletários da irmã dela, vibro de emoção com qualquer notícia lacrimosa contada com fartura de detalhes. Para não falar nas cartas! Não me canso de ficar abismada com o que as pessoas têm coragem de escrever! Não sou uma velha carola, ou pelo menos não me considero assim, mas devo admitir que certas liberdades me deixam bastante perplexa.

A temperatura, hoje, baixou ainda mais. Não fui dar o meu costumeiro passeio pelo jardim, fiquei com medo de que fizesse muito frio; com o gelo que sinto dentro de mim, o rigor do clima poderia ter me quebrado como a um velho galho enregelado. Fico me perguntando se você ainda estará lendo ou se, me conhecendo melhor, já foi tomada por tamanha repulsa que não pôde mais continuar a leitura. A urgência que neste momento toma conta de mim não permite adiamentos, não posso parar logo agora, de modo algum posso desistir. Apesar de ter guardado aquele segredo durante tanto tempo, agora já não me é possível fazer isso. Como lhe disse no começo, diante do desnorteamento que você sentia por lhe faltar um ponto de referência, um centro, eu também sentia um desnorteamento parecido, quem sabe até maior. Sei que a sua referência ao centro — ou melhor, à falta dele — está diretamente ligada ao fato de você nunca ter sabido quem é o seu pai. Tal como fora, para mim, tristemente natural lhe dizer para onde tinha ido sua mãe, nunca fui capaz de responder às perguntas acerca de seu pai. E como poderia? Eu não tinha a menor ideia de quem ele fosse. Houve um verão em que Ilaria passou longas férias sozinha na Turquia, e voltou daquelas férias grávida. Já passara dos trinta e, nessa idade, as mulheres que ainda não tiveram filhos são tomadas de um estranho frenesi, acabam querendo um custe o que custar, não importa de que forma e com quem.

Naquela época, além do mais, eram quase todas feministas; com um grupo de amigas, sua mãe tinha fundado uma associação. Havia muita coisa certa naquilo que diziam, coisas com as quais eu concordava, mas entre as coisas certas também havia muitas outras distorcidas, forçadas e desviantes. Uma dessas ideias doentias era a de que as mulheres eram donas absolutas do próprio corpo e, portanto, ter ou não ter um filho dependia somente delas.

O homem não passava de uma necessidade biológica, e justamente como tal deveria ser usado. Sua mãe não foi a única a se portar desse modo; houve mais umas duas ou três amigas dela que tiveram filhos da mesma maneira. E não creia que a coisa seja totalmente incompreensível. A capacidade de doar a vida cria uma sensação de onipotência. A morte, a escuridão e a precariedade se afastam; você está entregando ao mundo mais uma parte de si mesma, e diante de tal milagre tudo desaparece.

Para defender essa opinião, sua mãe e as amigas citavam o mundo animal: "As fêmeas", diziam, "só ficam com os machos na hora do acasalamento. Depois, cada um segue o seu caminho, e os filhotes ficam com a mãe". Se isso corresponde ou não à verdade, não sei dizer. Sei, porém, que somos seres humanos, cada um de nós nasce com um rosto diferente dos demais, que levamos conosco pela vida afora. O antílope nasce com cara de antílope, o leão com cara de leão, são iguais, idênticos a todos os outros animais da mesma espécie. Na natureza, a aparência permanece sempre a mesma, ao passo que o rosto é algo que só o homem tem, mais ninguém. O rosto, está entendendo? No rosto há tudo. Há a sua história, seu pai, sua mãe, seus avós e bisavós, pode até haver um parente distante de quem já ninguém se lembre.

Atrás do rosto há a personalidade, as coisas boas e as não tão boas que você recebeu dos antepassados. O rosto é a nossa primeira identidade, aquilo que nos permite uma acomodação na vida, dizendo: Aqui estou eu. Quando, lá pelos treze ou catorze anos, você começou a passar horas e mais horas diante do espelho, compreendi que era justamente o que estava procurando. Examinava decerto as espinhas e os cravos, ou o nariz de súbito demasiado grande, mas também procurava algo mais. Tirando e eliminando os traços da sua família materna, tentava de algum modo ter uma ideia do rosto do homem que a pusera no mundo. Aquilo que sua mãe e as amigas não tinham levado em conta era isto mesmo: que um belo dia o filho, olhando-se no espelho, iria entender que dentro dele havia outro alguém, e que desse outro alguém gostaria de saber tudo. Há pessoas que podem até passar a vida inteira procurando o rosto da mãe ou do pai.

Ilaria acreditava piamente que o peso da genética, no desenvolvimento de uma vida, era praticamente nulo. Para ela, o que realmente importava era a educação, o ambiente, a maneira de crescer. Eu não compartilhava tal ideia; para mim os dois fatores iam de mãos dadas: metade o ambiente, metade o que temos dentro de nós desde o nascimento.

Não tive problema algum até você chegar à idade escolar; você não perguntava, e eu evitava cuidadosamente tocar no assunto. Já no primário, graças ao contato com as colegas e aos maléficos temas moralistas impostos pelas professoras, você percebeu que faltava alguma coisa na sua vida diária. É claro que na sua turma havia um bom número de filhos de pais separados, uma situação na época ainda irregular, mas ninguém tinha em relação ao pai aquele vazio que você tinha. Como podia eu lhe explicar, com a idade de seis ou sete anos, o que sua mãe tinha feito? E afinal eu mesma nada sabia, a não ser que você tinha sido concebida na Turquia. Assim, para inventar uma história pelo menos crível, recorri ao único dado certo: o país de origem.

Eu comprei um livro de histórias orientais e lia uma para você a cada noite. A partir daí, também inventei uma específica, só para você, lembra? Sua mãe era uma princesa, e seu pai um príncipe da Meia-Lua. Como todos os príncipes e princesas de verdade, amavam-se a ponto de morrerem um pelo outro. No palácio, contudo, nem todos viam com bons olhos esse amor. O mais invejoso de todos era o grão-vizir, um homem poderoso e malvado. Fora justamente ele quem lançara um feitiço terrível sobre a princesa e a criatura que ela levava no ventre.

Ainda bem que o príncipe havia sido informado por um criado leal, e sua mãe, vestindo roupas de camponesa, pôde fugir à noite para encontrar abrigo aqui, na cidade em que você veio à luz.

"Sou filha de um príncipe?", você perguntava então, de olhos faiscantes. "Claro", eu respondia, "mas é um segredo secretíssimo, que ninguém deve saber." O que será que eu tinha em mente com essa estranha mentira? Nada, só queria brindá-la com mais alguns anos de serenidade. Eu sabia muito bem que um belo dia você deixaria de acreditar naquela lorota boba. E também sabia que, a partir de então, provavelmente começaria a me detestar. Apesar disso, era para mim impossível deixar de contá-la. Ainda que pudesse juntar toda a minha escassa coragem, nunca teria conseguido lhe dizer: "Ignoro por completo quem seja o seu pai, talvez até a sua mãe ignore".

Eram os anos da liberação sexual, e a atividade erótica era considerada uma mera função natural do corpo — era preciso fazer amor toda vez que desse vontade, um dia com um, um dia com outro. Vi aparecerem e desaparecerem ao lado da sua mãe dezenas de rapazes, mas não me lembro de um sequer que tenha durado mais de um mês. Ilaria, que por si já era bastante instável, ficou muito mais abalada do que a maioria com tal precariedade amorosa. Embora nunca lhe impedisse coisa alguma nem a criticasse, devo admitir que me sentia um tanto atônita com toda aquela repentina liberdade sexual. E o que mais me chocava não era tanto a promiscuidade, e sim o enorme empobrecimento dos sentimentos. Caídas as proibições e a unicidade da pessoa, também caíra a paixão. Ilaria e suas amigas me pareciam as convidadas de um banquete que, acometidas por um violento resfriado, comiam por educação tudo quanto lhes era servido, sem, porém, apreciar o sabor: cenouras, carnes assadas e doces tinham, para elas, o mesmo gosto.

É claro que a escolha da sua mãe tinha a ver com a liberação dos costumes, mas creio que também havia algo mais. O que é que sabemos sobre o funcionamento da mente? Muita coisa, mas não tudo. Não seria possível, então, que em algum lugar obscuro do inconsciente aquele homem diante dela tenha lhe aparecido como a figura do pai? Não era disso, afinal, que nasciam muitas de suas inquietações e instabilidades? Enquanto ela era menina, enquanto era adolescente e uma jovem adulta, nunca cheguei a me fazer essa pergunta; a mentira em que a criara era perfeita. Mas, quando voltou da viagem com uma barriga de três meses, tudo retornou à minha mente. Não podemos fugir das mentiras, das falsidades. Ou melhor, podemos fugir durante algum tempo, mas, quando você menos espera, lá vêm elas à tona de novo, não são mais tão submissas como na hora em que as dissemos, aparentemente inofensivas — durante o afastamento momentâneo, transformaram-se em monstros medonhos, em ogros horrorosos. Mal chegamos a nos dar conta e, na mesma hora, já estamos sendo vencidas, elas nos devoram e a tudo que está em volta com uma voracidade espantosa. Um dia, com dez anos, você voltou da escola chorando. "Mentirosa!", me disse e foi se trancar no quarto. Acabara de descobrir a mentira da minha fabulosa história.

Mentirosa poderia ser o título da minha autobiografia. Desde que nasci, só disse uma mentira.

E com ela destruí três vidas.

4 de dezembro

A mélroa continua aqui à minha frente, na mesa. Já não está com tanta fome como antes. Em vez de me chamar continuamente, fica parada no lugar, sem se esgoelar pelo buraco da caixa; dá para ver apenas a plumagem macia no topo da cabeça. Esta manhã, apesar do frio, fui ao viveiro de plantas com os Razman. Fiquei até a última hora sem saber se iria, fazia tanto frio que até um urso teria ficado em dúvida, e além do mais havia num recanto escuro do meu coração uma voz repetindo: para que se importar com o plantio de mais flores? Mas, enquanto discava o número dos Razman para desmarcar o compromisso, vi pela janela as cores apagadas do jardim e me arrependi do meu egoísmo. Talvez eu não veja outra primavera, mas você certamente há de ver muitas.

Que mal-estar nos últimos dias! Quando não estou escrevendo, ando sem parar pela casa, sem encontrar sossego em lugar algum. Não há uma atividade sequer, entre as poucas coisas que ainda consigo fazer, que me permita alcançar algum tipo de paz, desviando por um momento as ideias das lembranças tristes. Tenho a impressão de que o funcionamento da memória se parece muito com o do congelador. Como quando você tira de lá a comida congelada. De início está dura como um tijolo, não tem cheiro nem sabor, e está coberta por uma pátina esbranquiçada, mas é só colocá-la no fogo para que retome pouco a pouco a forma e a cor e espalhe pela cozinha seu aroma. Do mesmo modo, as lembranças tristes dormitam por um bom tempo numa das inúmeras cavernas da memória; podem ficar ali durante anos, décadas, a vida toda. Então, um belo dia, voltam à tona, e a dor que as acompanha está mais uma vez presente, intensa e latejante como tantos anos atrás.

Eu estava falando de mim, do meu segredo. Para se contar uma história, todavia, é preciso começar do começo. E esse começo está na minha juventude, no isolamento um tanto anômalo em que eu crescera e continuava a viver. Na minha época, a inteligência era para a mulher uma qualidade bastante negativa para fins matrimoniais. Segundo os costumes daqueles tempos, a esposa nada mais devia ser além de uma vaca reprodutora passiva e adoradora. Uma mulher que fizesse perguntas, uma mulher curiosa e irrequieta era a última coisa que alguém poderia desejar. Por isso mesmo, a solidão da minha juventude foi realmente muito grande. Para dizer a verdade, lá pelos meus dezoito/vinte anos, por ser graciosa e razoavelmente rica, havia enxames de zangões esvoaçando ao meu redor. Mas logo que eu demonstrava saber falar, logo que abria o meu coração, deixando à mostra os pensamentos que nele se agitavam, à minha volta se formava o vazio. É claro que também poderia ficar calada, fingindo ser o que não era, mas infelizmente — ou felizmente —, apesar da educação que tinha recebido, uma parte de mim ainda estava viva, e essa parte se recusava a fingir.

Depois do liceu, como você já sabe, não completei os estudos porque meu pai não quis. Foi uma renúncia bastante difícil para mim. E justamente por isso me sentia sedenta de saber. Assim que algum rapaz dizia estudar medicina, eu ficava a martelá-lo com perguntas, queria saber tudo. E fazia o mesmo com futuros engenheiros, com futuros advogados. Esse meu comportamento deixava as pessoas bastante desnorteadas, pois eu dava a impressão de me interessar mais pela atividade que pelo ser humano, o que talvez fosse até verdade. Quando conversava com as minhas amigas, as minhas colegas de escola, tinha a impressão de pertencer a outra galáxia. A linha divisória entre elas e mim era a malícia feminina. Assim como eu estava inteiramente desprovida dela, as outras a tinham desenvolvido até as últimas consequências. Por trás da aparente segurança, por trás do aparente atrevimento, os homens são extremamente frágeis e ingênuos — possuem dentro de si alavancas muito primitivas, basta puxar uma para fazer com que caiam na frigideira, como peixinhos fritos. Eu me dei conta disso muito tarde, mas minhas amigas já o sabiam desde então, com quinze, dezesseis anos.

Com talento natural, aceitavam ou recusavam mensagens, respondiam de um ou outro jeito, marcavam encontros a que não compareciam ou chegavam com muito atraso. Durante os bailes, encostavam a parte certa do corpo e, esfregando-se, olhavam os homens nos olhos com a expressão intensa de jovens corças. Aí está a malícia feminina, aí estão as lisonjas que levam ao sucesso com os homens. Mas eu, veja bem, era como uma batata insossa, nada sabia do que acontecia ao meu redor. Embora possa lhe parecer estranho, havia em mim um profundo senso de lealdade, e essa lealdade me dizia que nunca na vida poderia fazer trapaça com os homens. Eu achava que um dia iria encontrar um rapaz com quem poderia ficar conversando até altas horas da noite sem me cansar, e no decorrer da conversa iríamos perceber que víamos as coisas do mesmo jeito, que experimentávamos as mesmas emoções. Surgiria, então, o amor, um amor baseado na amizade, no apreço, e não na facilidade do engodo.

Eu queria uma amizade amorosa, e nisso era muito viril, viril no sentido clássico. Um relacionamento de igual para igual, creio, o que apavorava meus cortejadores. E assim pouco a pouco assumi o papel normalmente desempenhado pelas feias. Tinha uma porção de amigos, mas eram amizades de mão única; só vinham a mim para chorar suas mágoas de amor. Uma após outra, minhas amigas iam se casando. Quase me parece que a certa altura da minha vida a única coisa que fazia era ir a casamentos. Minhas amigas tinham filhos, e eu continuava a tia solteira, morava com meus pais e já estava me acostumando com a ideia de ficar sozinha para sempre. "Mas o que é que você tem na cabeça?", dizia minha mãe. "Será possível que não goste nem de fulano nem de sicrano?" Era evidente que, para eles, as dificuldades que eu encontrava com o sexo oposto se deviam à esquisitice do meu caráter. Se eu ficava desgostosa com isso? Francamente, não sei.

Na verdade, não sentia dentro de mim uma vontade tão grande de ter uma família. A ideia de pôr uma criança no mundo despertava em mim certa desconfiança. Eu sofrera demais na infância e receava causar o mesmo sofrimento a uma criatura inocente. Além do mais, embora morasse com meus pais, já era completamente independente, dona de qualquer hora do meu dia. Para ganhar algum dinheiro, dava aulas particulares de grego e latim, minhas matérias preferidas. Excetuando isso, não tinha quaisquer outras obrigações, podia passar tardes inteiras na biblioteca municipal sem ter de prestar contas a ninguém, e passear pelas montanhas toda vez que tivesse vontade.

Em resumo, comparada com a das demais mulheres, a minha vida era livre, e eu tinha muito medo de perder tal liberdade. Mesmo assim, com o passar do tempo, comecei a sentir toda essa liberdade, toda essa aparente felicidade como algo falso e cada vez mais forçado. A solidão, que no começo me parecera um privilégio, começava a ficar pesada. Meus pais estavam ficando velhos, papai tinha tido um derrame e já não conseguia andar direito. Todos os dias, com meus vinte e sete ou vinte e oito anos, ia com ele comprar jornal segurando-o pelo braço. Lembro que uma vez, vendo a minha imagem refletida numa vitrine com a dele, subitamente também me senti velha e entendi o caminho pelo qual estava seguindo a minha vida: não demoraria para ele morrer e também minha mãe, eu ia ficar sozinha numa casa grande e cheia de livros, talvez fosse pintar aquarelas ou fazer rendas para passar o tempo, e os anos desapareceriam voando. Até que um belo dia alguém, preocupado por não me ver há algum tempo, iria chamar os bombeiros, e eles iriam arrebentar a porta para encontrar o meu corpo caído no chão. Eu estaria morta, e o que sobraria de mim não seria tão diferente assim da carcaça ressecada de um inseto morto.

Sentia meu corpo de mulher perder o viço sem ter vivido, e isso me trazia uma grande tristeza. Além do mais, eu me sentia só, muito só. Desde que nascera, nunca havia tido alguém com quem falar, falar de verdade. Sem dúvida, eu era muito inteligente, lia muito, como no fim meu pai acabou dizendo com certo orgulho: "Olga nunca se casará porque tem muita cabeça". Mas toda essa hipotética inteligência não levava a lugar algum, pois eu não era capaz de, digamos, partir em uma longa viagem, estudar alguma coisa em profundidade. Justamente por não ter cursado a faculdade, eu me sentia de asas cortadas. Na verdade, a causa da minha inaptidão, da minha incapacidade de usar as minhas próprias qualidades era outra. Afinal de contas, Schliemann era autodidata e ainda assim descobrira Troia, não é verdade? Meu freio era outro, o pequeno cadáver dentro de mim, está lembrada? Era ele que me refreava, era ele que me impedia de progredir. Eu ficava parada, esperando. O quê? Não tinha a menor ideia.

No dia em que Augusto foi lá em casa pela primeira vez, havia neve nas ruas. Lembro-me disso porque por estas bandas neve é coisa rara e porque, justamente por causa da neve, naquele dia o nosso convidado chegou atrasado. Assim como meu pai, Augusto trabalhava com importação de café. Tinha vindo a Trieste para cuidar da venda da nossa firma. Após o derrame, papai, sem herdeiros homens, decidira se livrar do negócio para passar os últimos anos em paz. No primeiro contato, Augusto me parecera bastante antipático. Vinha da Itália, como se costumava dizer naquela época em Trieste, e como todos os italianos tinha uma afectação que eu achava irritante. É engraçado como muitas vezes pessoas importantes na nossa vida, à primeira vista, não são nem um pouco do nosso agrado. Depois do almoço, meu pai fora descansar e eu ficara na sala para fazer companhia ao convidado enquanto ele esperava a hora de pegar o trem. Eu estava irada. Naquela hora ou pouco mais em que ficamos juntos, não fui nada gentil com ele. A cada pergunta que me fazia, eu respondia com um monossílabo; se se calava, também me calava. Quando, já de saída, ele me disse: "Então, meus cumprimentos, senhorita", ofereci a mão com a mesma frieza com que uma nobre dama a concede a um homem de posição inferior.

"Para um italiano, até que o senhor Augusto é simpático", disse aquela noite, no jantar, minha mãe. "É uma pessoa honesta", respondeu meu pai. "E é bom nos negócios." E adivinhe só o que aconteceu então? Minha língua se soltou sozinha. "E não tem aliança no dedo!", exclamei com repentina vivacidade. Quando meu pai respondeu: "De fato, o coitadinho é viúvo", eu já estava vermelha como um pimentão e profundamente constrangida comigo mesma.

Dois dias depois, voltando de uma aula, encontrei na entrada um embrulho de papel prateado. Era o primeiro pacote que recebia na vida. Não conseguia imaginar quem seria o remetente. Enfiado sob o papel, havia um cartãozinho. *A senhorita conhece estes doces?* A assinatura era de Augusto.

Naquela noite, com os doces sobre a mesinha de cabeceira, eu não conseguia pegar no sono. Deve ter mandado como cortesia a papai, dizia a mim mesma, e enquanto isso comia um marzipã atrás do outro. Três semanas depois, ele voltou a Trieste "a negócios", disse durante o almoço, mas em vez de partir logo, como da primeira vez, demorou-se algum tempo na cidade. Antes de se despedir, pediu a meu pai permissão para dar uma volta de carro comigo, e meu pai, sem sequer me consultar, deixou. Ficamos rodando a tarde inteira pelas ruas da cidade; ele falava pouco, pedia informações sobre os monumentos e ficava ouvindo em silêncio. Ele me ouvia, e isso era para mim um verdadeiro milagre.

Na manhã em que partiu, mandou me entregar uma dúzia de rosas vermelhas. Minha mãe ficou toda agitada; eu fingia estar calma, mas, antes de abrir o envelope e ler a mensagem, esperei várias horas. Não demorou para que suas visitas se tornassem semanais. Vinha a Trieste todos os sábados, e aos domingos voltava para sua cidade. Você se lembra do que o Pequeno Príncipe fazia para domesticar a raposa? Ia todos os dias até a toca dela e esperava que saísse. Pouco a pouco, então, a raposa foi conhecendo-o e aprendeu a não ter medo dele. E não só isso: também aprendeu a se emocionar toda vez que via alguma coisa que lhe lembrasse o pequeno amigo. Seduzida pelo mesmo tipo de tática, também eu começava a ficar agitada à espera dele desde quinta-feira. O processo de domesticação já começara. Dentro de um mês, toda a minha vida girava em torno daquela espera semanal. Criou-se muito em breve entre nós uma profunda familiaridade. Com ele, finalmente, eu podia falar; ele apreciava a minha inteligência e vontade de saber, eu apreciava nele a calma, a disponibilidade para ouvir, aquela sensação de segurança e proteção que os homens mais velhos podem proporcionar a uma jovem mulher.

Nós nos casamos numa cerimônia discreta no dia 1º de junho de 1940. Dez dias depois, a Itália entrou na guerra. Por motivos de segurança, minha mãe se abrigou numa aldeia montanhesa no Vêneto, e eu e o meu marido fomos para Áquila.

Você, que soube da história daqueles anos apenas pelos livros, que a estudou, mas não a vivenciou, poderá achar estranho eu nunca ter mencionado os trágicos acontecimentos daquele período. Havia o fascismo, as leis raciais, havia eclodido a guerra, e eu continuava interessada apenas nas minhas pequenas infelicidades pessoais, nos deslocamentos milimétricos da minha alma. Não creia, entretanto, que meu comportamento fosse algo inteiramente fora do comum — muito pelo contrário. Excetuando-se uma pequena minoria politizada, na nossa cidade todos se portavam da mesma maneira. Meu pai, por exemplo, considerava o fascismo uma palhaçada. Quando estava em casa, chamava Mussolini de "aquele vendedor de melancias". Depois, porém, ia jantar com os figurões do partido e ficava conversando com eles até altas horas. Do mesmo modo, eu achava absolutamente ridículo participar daquelas chatices que eram os sábados fascistas, marchar e cantar vestindo as cores de uma viúva. Mesmo assim acabava indo, considerava tudo aquilo uma grande chateação a que era preciso me sujeitar para evitar aborrecimentos. Não se pode francamente considerar heroica uma atitude desse tipo, mas é muito comum. Viver em paz é uma das maiores aspirações do homem, tanto naquela época como, provavelmente, agora.

Em Áquila, fomos morar na casa de Augusto, um amplo apartamento no centro, no andar nobre do antigo palácio da família. Era mobiliado com peças escuras, pesadas, havia pouca luz, e no conjunto o aspecto era sinistro. Quando entrei, senti um aperto no coração. É aqui que terei de morar, disse a mim mesma, com um homem que só conheço há seis meses, numa cidade onde não tenho amigos! Meu marido logo entendeu meu desalento e durante as duas primeiras semanas fez de tudo para me distrair. Dia sim, dia não, pegava o carro e me levava em longos passeios pelas montanhas das cercanias. Tínhamos ambos verdadeira paixão pelas excursões. Vendo aquelas montanhas tão bonitas, com as aldeias arraigadas lá em cima, como nos presépios, fiquei mais calma — de algum modo, parecia-me nunca ter saído do norte, da minha casa. Continuávamos a conversar muito. Augusto amava a natureza, particularmente os insetos, e enquanto andávamos me explicava uma porção de coisas. A maior parte dos meus conhecimentos em ciências naturais devo justamente a ele.

No fim daquelas duas semanas da nossa viagem de núpcias, ele retomou o trabalho e eu comecei a minha vida solitária na grande casa. Havia comigo uma velha empregada que, de fato, se encarregava dos principais afazeres. Como todas as mulheres burguesas, minha única obrigação era programar o almoço e o jantar; quanto ao resto, nada mais tinha a fazer. Eu me acostumei a sair todos os dias, sozinha, para longos passeios. Percorria as ruas de baixo para cima, de cima para baixo, com passos furiosos; tinha um amontoado de pensamentos na cabeça e, em meio a eles, não conseguia enxergar com clareza. Será que o amo de verdade, perguntava a mim mesma parando de repente, não terá sido tudo um grande erro? Quando sentávamos à mesa ou, à noite, nas poltronas da sala, eu ficava observando-o e me perguntava: O que estou sentindo? Sentia ternura, quanto a isso não havia dúvida, e certamente ele sentia o mesmo por mim. Mas era só isso o amor? Nada mais? Uma vez que eu nunca experimentara outra coisa, não podia encontrar uma resposta.

Depois de um mês, os primeiros comentários chegaram aos ouvidos do meu marido. "A alemã", diziam umas vozes anônimas, "fica dando voltas pelas ruas a qualquer hora do dia." Fiquei pasma. Criada com hábitos diferentes, nunca imaginaria que aqueles passeios inocentes poderiam ser motivo de escândalo. Augusto sentia muito, entendia que para mim a coisa era incompreensível, mas mesmo assim, para a paz dos bons cidadãos e para o seu bom nome, me pediu que interrompesse minhas saídas solitárias. Após seis meses daquela vida, eu me sentia inteiramente apagada. O pequeno cadáver dentro de mim virara um enorme cadáver, eu agia como um robô, meus olhos haviam se tornado opacos. Quando falava, ouvia minhas palavras distantes, como se saíssem da boca de outra pessoa.

Enquanto isso, havia sido apresentada às mulheres dos amigos de Augusto e todas as quintas-feiras me encontrava com elas num café do centro. Embora fôssemos praticamente da mesma idade, tínhamos realmente muito pouco em comum. Falávamos a mesma língua, mas essa era nossa única afinidade.

De volta ao seu ambiente, não demorou para Augusto tornar a se portar como um homem daquelas bandas. Durante as refeições, passávamos a maior parte do tempo calados; quando tentava lhe contar alguma coisa, ele só respondia sim ou não, monossilabicamente. À noite, ia com frequência ao clube; quando ficava em casa, se trancava no escritório para cuidar da sua coleção de besouros. Seu maior sonho era descobrir um inseto ainda desconhecido, para que assim seu nome se imortalizasse nos livros de ciências naturais. Quanto a mim, queria que meu nome fosse transmitido às gerações futuras de outro modo: através de um filho — eu já estava com trinta anos e sentia o tempo escorrer cada vez mais rápido. Desse ponto de vista, as coisas iam muito mal. Depois de uma primeira noite um tanto decepcionante, nada mais acontecera que merecesse ser mencionado. Eu tinha a impressão de que acima de tudo Augusto queria apenas encontrar alguém em casa na hora das refeições, alguém a ser exibido com orgulho na catedral aos domingos. Não parecia se importar muito com a pessoa que havia atrás daquela imagem tranquilizadora. Onde estava o homem agradável e disponível dos primeiros galanteios? Seria esse, então, o triste fim a que é fadado o amor? Augusto me contara que na primavera os pássaros cantam mais alto só para agradar às fêmeas, para induzi-las a fazer o ninho com eles. Era exatamente o que ele tinha feito comigo: uma vez conseguido o ninho, deixara por completo de se interessar por mim. Eu estava lá, mantinha-o quente, e só.

Cheguei a odiá-lo? Não, talvez você ache estranho, mas não conseguia odiá-lo. Para odiar alguém, é preciso que a pessoa fira você, que lhe faça mal. O problema é que Augusto nada fazia para mim, por mim ou contra mim. É mais fácil morrer de nada que de dor; contra a dor podemos nos insurgir, mas não contra o nada.

Quando eu falava com os meus pais, obviamente, dizia que tudo ia bem, fazia o possível para parecer uma jovem esposa satisfeita. Acreditavam ter me deixado em boas mãos, e eu não queria quebrar tal certeza. Mamãe continuava escondida nas montanhas, papai ficara sozinho na mansão da família, com uma prima distante que cuidava dele. "Novidades?", ele perguntava regularmente, uma vez por mês, e com a mesma regularidade eu respondia que não, ainda não. Fazia muita questão de ter um netinho; com a idade, aparecera nele uma ternura que nunca tivera. Sentia-o um pouco mais próximo de mim com essa mudança, e não me agradava nada frustrá-lo em suas expectativas. Ao mesmo tempo, porém, não tinha intimidade suficiente com ele para contar os motivos daquela esterilidade demorada. Minha mãe enviava longas cartas esbanjando retórica. Minha adorada filha, dizia no começo da página, e então relatava com minúcias todas as poucas coisas que lhe haviam acontecido naquele dia. No fim, comunicava sempre ter completado mais um conjuntinho para o netinho que iria nascer. Enquanto isso eu me trancava em mim mesma; a cada manhã, ao me olhar no espelho, me achava mais feia. De vez em quando, dizia a Augusto, à noite: "Por que não conversamos?" "Sobre o quê?", ele respondia sem erguer os olhos da lente com que examinava um inseto. "Sei lá, qualquer coisa", eu dizia, "podíamos contar alguma coisa um ao outro." Então ele sacudia a cabeça. "Olga", dizia, "você certamente tem uma imaginação doentia."

Já é lugar-comum dizer que os cães, após uma longa convivência, acabam se parecendo com os donos. Eu tinha a impressão de que o mesmo estava pouco a pouco acontecendo com meu marido: mais o tempo passava, mais ele se parecia com um besouro. Seus movimentos já nada tinham de humano, não eram fluidos, mas geométricos, cada gesto parecia uma série de instantâneos separados. E a voz perdera o timbre, parecia subir com um ruído metálico de algum lugar indefinido da garganta. Interessava-se pelos insetos e por seu trabalho de modo obcecado, mas, além disso, nada mais parecia capaz de despertar nele algum entusiasmo. Uma vez veio me mostrar um inseto horroroso, creio que chamado grilo-toupeira, pendurado em uma pinça. "Veja só que beleza de mandíbulas", disse, "com elas pode realmente comer qualquer coisa." Naquela mesma noite, sonhei com Augusto com aquela aparência, era enorme e devorava o meu vestido de noiva como se fosse de papelão.

Passado um ano, começamos a dormir em quartos separados; ele ficava acordado até tarde com seus besouros e não queria me incomodar, ou pelo menos era essa a desculpa que dava. Contado desse jeito, meu casamento poderá lhe parecer extraordinariamente terrível, mas lhe asseguro que não havia nada de extraordinário nele. Naquela época, os casamentos eram quase todos assim, pequenos infernos domésticos em que, mais cedo ou mais tarde, um dos dois deveria fatalmente sucumbir.

Por que não me rebelava, por que não pegava minha mala e voltava para Trieste?

Simplesmente porque naquela época não havia nem separação nem divórcio. Para romper o vínculo, era preciso haver maus-tratos terríveis, ou a pessoa tinha que ter um temperamento rebelde, fugir e vagar solitária pelo mundo. Mas, como você bem sabe, a rebeldia não faz parte do meu caráter, e Augusto jamais levantou um dedo contra mim, nem mesmo a voz. Nunca me deixou faltar coisa alguma. Aos domingos, depois da missa, parávamos na confeitaria dos irmãos Nurzia e ele me deixava comprar o que eu bem quisesse. Imagino que você possa entender perfeitamente os sentimentos que eu tinha ao acordar todas as manhãs. Após três anos de casamento, só levava uma ideia na cabeça: a da morte.

Augusto nunca me falava da primeira mulher e, nas poucas vezes que eu discretamente toquei no assunto, procurou desconversar. Com o passar do tempo, andando por aqueles aposentos espectrais nas tardes de inverno, eu chegara à conclusão de que Ada — era esse o nome da falecida — não havia morrido de doença ou de fatalidade, mas se matara. Quando a empregada saía, eu passava o tempo todo desaparafusando tábuas, desmontando gavetas, procurava furiosamente um sinal, um vestígio que confirmasse minha suspeita. Num dia de chuva, encontrei num armário algumas roupas de mulher; eram dela. Peguei uma escura e a vesti, tínhamos o mesmo tamanho. Olhando-me no espelho, comecei a chorar. Fiquei chorando baixinho, sem soluçar, como quem já sabe qual será o seu destino. Num canto da casa, havia um genuflexório de madeira de lei que pertencera à mãe de Augusto, uma mulher muito religiosa. Quando não sabia mais o que fazer, eu me trancava lá por horas a fio, de mãos juntas. Rezava? Não sei. Falava, ou procurava falar, com Alguém que eu supunha estar acima da minha cabeça. E dizia: Senhor, faça com que eu encontre o meu caminho e, se o meu caminho for este, me ajude a suportá-lo. A habitual ida à igreja — a que eu havia sido forçada por minha condição de mulher casada — me levara uma vez mais a desenterrar antigas perguntas, perguntas que havia guardado dentro de mim desde a infância. O incenso me atordoava, assim como a música do órgão. Ouvindo as Sagradas Escrituras, alguma coisa vibrava em mim.

Mas, quando encontrava o vigário na rua, sem os paramentos litúrgicos, quando olhava aquele seu nariz esponjoso e os olhos com um quê de porcinos, quando ouvia suas perguntas banais e irremediavelmente falsas, não havia coisíssima alguma vibrando em mim, e dizia a mim mesma, aí está, não passa de uma grande embrulhada, de uma maneira de fazer com que as mentes fracas possam suportar a opressão sob a qual vivem. Apesar disso, no silêncio da casa, eu gostava de ler o Evangelho. Muitas das palavras de Jesus me pareciam extraordinárias, me deixavam tão entusiasmada que as repetia várias vezes em voz alta.

Minha família não era nem um pouco religiosa; meu pai se considerava um livre-pensador, e minha mãe, convertida havia duas gerações, como já disse, ia à missa apenas por mero conformismo social. Nas poucas vezes que a interroguei sobre os mistérios da fé, respondeu: "Não posso lhe dizer nada. Nossa família não tem religião". Não tem religião. Essa frase oprimiu como uma pedra gigantesca a fase mais delicada da minha infância, aquela em que eu questionava as coisas maiores. Havia uma espécie de marca de infâmia naquelas palavras, tínhamos abandonado uma religião para abraçar outra pela qual não demonstrávamos o menor respeito. Éramos traidores e, como traidores, para nós não havia lugar no céu ou na terra.

Assim, a não ser por umas poucas histórias aprendidas com as freiras, eu nada mais conhecera do saber religioso até os trinta anos. O reino de Deus está dentro das pessoas, ficava dizendo a mim mesma enquanto andava pela casa vazia. Repetia e procurava imaginar em que lugar Ele se encontraria precisamente. Via meu olho descer para dentro de mim como um periscópio, esquadrinhando as curvas do corpo, as dobras mais misteriosas da mente. Onde estava o reino de Deus? Não conseguia vê-lo, havia neblina em volta do meu coração, uma neblina espessa, e não as colinas luminosas e verdejantes que eu imaginava no Paraíso. Nos momentos de lucidez, dizia a mim mesma que estava ficando louca, como todas as solteironas e viúvas; paulatinamente, quase sem perceber, eu me deixei cair no delírio místico. Após quatro anos daquela vida, era para mim cada vez mais difícil distinguir o falso do verdadeiro. Ali perto, os sinos da catedral marcavam as horas a cada quinze minutos; para não ouvi-los ou ouvi-los menos, punha chumaços de algodão nos ouvidos.

Estava ficando obcecada, achava que os insetos de Augusto não estavam mortos, à noite me parecia ouvir o arrastar de suas patinhas circulando pela casa, estavam em toda parte, subiam pelo papel de parede, chiavam sobre as lajotas da cozinha, roçavam os tapetes da sala. Eu ficava parada na cama, prendendo a respiração, à espera de que entrassem no meu quarto pela fresta embaixo da porta. Procurava esconder de Augusto o meu estado. De manhã, com um sorriso nos lábios, dizia o que iríamos ter de almoço e continuava a sorrir até ele sair. Com o mesmo sorriso estereotipado, recebia-o na volta do trabalho.

Tal como meu matrimônio, a guerra estava em seu quinto ano; em fevereiro, Trieste fora atingida pelas bombas. Em um ataque aéreo, a casa da minha infância fora completamente destruída. A única vítima havia sido o cavalo que puxava a pequena caleche de papai: encontraram-no no meio do jardim sem duas patas.

Naquela época, não havia televisão, e as notícias corriam muito mais lentamente. Soube que tínhamos perdido a casa no dia seguinte, quando meu pai telefonou. Só pela maneira como ele disse "alô", percebi que devia ter acontecido alguma coisa grave: ele tinha a voz de alguém que já há algum tempo deixou de viver. Sem ter mais um lugar meu para onde voltar, eu me senti realmente perdida. Durante dois ou três dias, fiquei andando pela casa como em transe. Nada conseguia me tirar daquela espécie de estupor, e, numa única sequência monótona e monocroma, via o desenrolar dos meus anos até a minha morte.

Sabe qual o erro que todos sempre cometemos? O de pensar que a vida é imutável, que, uma vez tomada uma direção, temos de seguir o mesmo trilho até o fim. O destino, por sua vez, tem muito mais imaginação que nós. Justamente quando nos julgamos num beco sem saída, quando chegamos aos pincaros do desespero, com a velocidade de uma rajada de vento tudo muda, se subverte, e de uma hora para a outra estamos vivendo uma vida nova.

Dois meses após o bombardeio da casa, a guerra já estava terminada. Voltei logo para Trieste, meu pai e minha mãe haviam se mudado para um apartamento provisório com outras pessoas. Havia tantos problemas práticos a serem resolvidos que depois da primeira semana eu já tinha quase esquecido os anos passados em Áquila. No mês seguinte, Augusto também veio. Iria reassumir o controle da firma comprada do meu pai, pois durante aqueles anos de guerra a deixara nas mãos de terceiros. E, ademais, havia agora os meus pais, decididamente velhos, que já não tinham onde morar. Com rapidez surpreendente, Augusto decidiu deixar sua cidade e morar em Trieste, comprou este nosso chalé no planalto, e antes do outono já estávamos todos morando aqui.

Contrariando todas as previsões, minha mãe foi a primeira a nos deixar; morreu logo no começo do verão. Sua garra indomável fora corroída por aquele período de solidão e medo. Com seu desaparecimento, tornou a aparecer em mim o desejo ardente de ter um filho. Dormia novamente com Augusto, mas, apesar disso, pouco ou nada acontecia entre nós à noite. Passava muito tempo sentada no jardim na companhia do meu pai. Durante uma tarde ensolarada, foi justamente ele quem disse: "Para o fígado e para as mulheres, as águas termais podem ser milagrosas".

Duas semanas depois, Augusto me levou para tomar o trem rumo a Veneza. Ali, por volta do meio-dia, iria pegar outro trem, para Bolonha, chegando em seguida, após mais uma baldeação, a Porretta Terme. Para dizer a verdade, não tinha lá muita confiança nos efeitos milagrosos das águas — minha decisão de partir se devia principalmente ao desejo de solidão, sentia antes de mais nada a necessidade de ficar em companhia de mim mesma, mas de uma forma outra, não como acontecera nos últimos anos. Eu sofrera muito. Dentro de mim, quase tudo estava morto; eu era como a relva depois de uma queimada, cinzas por toda parte, terra carbonizada. Só com a chuva, o sol e o ar, a pouca vida que sobrara sob as ruínas poderia gradualmente recuperar suas forças e tornar a crescer.

10 de dezembro

Desde que você foi embora, nunca mais li jornal: você não está aqui para comprá-lo e ninguém mais pensa em trazê-lo para mim. No começo, achava um tanto incômodo esse inconveniente, mas pouco a pouco o problema se transformou em alívio. Lembrei-me então do pai de Isaac Singer. Entre todos os hábitos do homem moderno, ele costumava dizer, a leitura dos jornais diários é um dos piores. Logo de manhã, quando a alma fica mais aberta, joga em cima da pessoa todo o mal cometido no dia anterior. Na época dele, não ler jornal era suficiente para se salvar, mas agora já não é possível – temos rádio e televisão, basta ligar para que o mal chegue até nós num segundo.

    Foi o que aconteceu esta manhã. Enquanto me vestia, ouvi no noticiário local que decidiram abrir as fronteiras para os grupos de refugiados. Estavam parados ali fazia quatro dias, não os deixavam passar, e já não podiam voltar atrás. Nos comboios havia velhos, doentes, mulheres sozinhas com suas crianças. O primeiro contingente, informou o locutor, já chegou ao acampamento da Cruz Vermelha e recebeu os primeiros mantimentos. A presença de uma guerra tão próxima e tão primitiva provoca em mim grande perturbação. Desde que eclodiu, vivo com um espinho cravado no coração. É uma imagem banal, bem o sei, mas em sua banalidade exprime muito bem a sensação. Depois de um ano, à dor se juntou a indignação, parecia-me impossível ninguém intervir para pôr fim à chacina. Tive de me conformar: não há poços de petróleo por lá, apenas montanhas pedregosas. Com o passar do tempo, a indignação se tornou raiva, e essa raiva continua a pulsar dentro de mim como um caruncho obstinado.

É ridículo que com a minha idade eu continue a ficar tão abalada com uma guerra. No fundo, há dúzias e mais dúzias delas no mundo em um só dia; depois de oitenta anos, deveria ter se formado em mim uma espécie de calo, de hábito. Desde que nasci, a grama alta e amarela do Carso já foi várias vezes atravessada por refugiados e exércitos vitoriosos ou em debandada: primeiro, os comboios de soldados fugindo das bombas do planalto na Primeira Guerra Mundial; em seguida, a lenta procissão dos sobreviventes da campanha da Rússia e da Grécia, das matanças fascistas e nazistas, das chacinas nas grutas; e, agora, uma vez mais o troar dos canhões do outro lado da fronteira, esse êxodo de inocentes fugindo da grande carnificina nos Bálcãs.

Uma vez, há alguns anos, viajei de Trieste a Veneza no mesmo compartimento de uma médium. Era uma senhora quase da minha idade com um chapéu que parecia uma panqueca. Obviamente, eu não sabia tratar-se de uma médium; foi ela mesma quem o disse conversando com outra passageira.

"Pois é", dizia enquanto atravessávamos o planalto do Carso, "quando caminho por esta terra ouço as vozes de todos os mortos, não consigo dar mais de dois passos sem ficar atordoada. Todos gritam de modo terrível; quanto mais jovens eram, mais alto berram." Explicou que, onde aconteceu algum ato de violência, permanece para sempre no ar algo alterado: a atmosfera fica corroída, deixa de ser compacta, e tal corrosão, em vez de provocar como contrapeso sentimentos suaves, favorece o aparecimento de novos excessos. Onde se derramou sangue, em resumo, haverá novos derramamentos, a que se seguirão outros e mais outros. "A terra", disse a médium para concluir, "é como um vampiro: assim que prova o sabor do sangue, quer mais, quer sangue de novo, e nunca se contenta."

Fiquei anos perguntando a mim mesma se este lugar em que acabamos vivendo não aninha em si uma maldição; desconfiei disso no passado, e continuo a desconfiar até hoje, sem encontrar uma resposta. Você se lembra de todas as vezes que fomos juntas ao penedo de Monrupino? Nos dias de ventania, ficávamos horas olhando a paisagem, era quase o mesmo que estar num avião. A visão era total, trezentos e sessenta graus, e apostávamos para ver qual de nós identificava primeiro algum pico das Dolomitas, ou chegava a distinguir Grado de Veneza. Agora que já não posso ir lá, para ver a mesma paisagem sou forçada a fechar os olhos.

Graças à magia da memória, tudo aparece diante de mim e à minha volta como se ainda estivesse no belvedere da montanha. Nada falta, nem mesmo o ruído do vento e os cheiros da estação que escolhi. Fico ali, observo os grandes pilares calcários corroídos pelo tempo, o grande espaço descampado onde se exercitam os tanques, o promontório escuro da

Ístria mergulhado no azul do mar, vejo todas as coisas em volta e pergunto mais uma vez a mim mesma se há algo errado, algo que não combina.

Amo essa paisagem, e talvez esse amor me impeça de encontrar uma resposta; o que sei é que a aparência externa influi consideravelmente no caráter de quem vive nesta terra. Se sou tão ríspida e severa, se você também o é, devemos isso ao Carso, à sua erosão, às suas cores, ao vento que o fustiga. Se tivéssemos nascido, digamos, entre as colinas da Úmbria, talvez fôssemos mais suaves, talvez a exasperação não fosse um traço tão marcante do nosso temperamento. Seria melhor? Não sei dizer; não podemos imaginar uma condição que não chegamos a vivenciar.

Seja como for, hoje bem que houve uma pequena maldição: esta manhã, quando entrei na cozinha, encontrei a mélroa desfalecida entre os seus trapos. Já vinha dando sinais de mal-estar há alguns dias, comia muito pouco e, entre uma bicada e outra, dormitava. A morte deve ter ocorrido pouco antes do alvorecer, pois, quando a segurei na mão, sua cabecinha balançava de um lado para o outro, como se uma mola tivesse se quebrado dentro dela. Já estava fria, parecia uma coisinha frágil e sem peso. Acariciei-a durante algum tempo antes de envolvê-la num pano; queria lhe dar um pouco de calor.

Lá fora caía uma densa nevasca, prendi Buck na cozinha e saí. Já não tenho forças para pegar numa enxada e cavar, e escolhi o canteiro de terra mais macia. Fiz um pequeno buraco com a ponta do pé, pus ali a mélroa e a cobri; antes de voltar para casa, rezei a oração que costumávamos fazer toda vez que morria um dos nossos passarinhos: "Senhor, receba essa pequena vida, da mesma forma que recebeu todas as demais".

Lembra-se de quantos passarinhos recolhemos e procuramos salvar quando você era menina? Após cada ventania, encontrávamos alguns machucados; eram melros, pardais, curiós, chapins, certa vez um mergulhão. Fazíamos o possível para curá-los, mas nossos esforços quase nunca surtiam efeito; de um dia para o outro, sem aviso prévio, dávamos com eles mortos. E que tragédia, nessas ocasiões; ainda que já tivesse acontecido antes, você ficava perturbada. Depois do enterro, enxugava o nariz e os olhos com a mão aberta e se fechava no quarto para "abrir espaço".

Um dia você perguntou como poderia encontrar sua mãe, o céu era tão grande que seria muito fácil se perder nele. Eu lhe disse que o céu era uma espécie de hotel imenso, cada pessoa tinha um quarto próprio onde se juntavam todos os que tinham se amado: após a morte, essas pessoas se encontravam de novo e ficavam juntas para sempre. Durante algum tempo, essa explicação conseguiu acalmá-la, mas, depois da morte do seu quarto ou quinto peixinho dourado, você voltou ao assunto e perguntou: "E se não houver mais espaço?" "Se não houver mais espaço", eu respondi, "é preciso fechar os olhos e repetir por pelo menos um minuto: 'Quarto, abra espaço'. Aí, imediatamente, o quarto fica maior."

Você ainda guarda na memória essas imagens infantis, ou sua couraça já as mandou para o beleléu? Só me lembrei disso hoje, enquanto sepultava a mélroa. Quarto, abra espaço, uma mágica e tanto! É claro que, com a mamãe, os porquinhos-da-índia, os pássaros e os peixinhos dourados, o seu quarto deve estar tão cheio como as arquibancadas de um estádio. Muito em breve também estarei lá, vai me querer no seu quarto ou terei de alugar um ao lado? Será que poderei convidar a primeira pessoa que realmente amei, será que finalmente poderei lhe apresentar o seu verdadeiro avô?

O que pensei, o que passou pela minha cabeça naquela tarde de setembro, quando desci do trem em Porretta? Absolutamente nada. Sentia-se no ar o cheiro das castanheiras, e a minha primeira preocupação foi encontrar a pensão em que reservara um quarto. Eu era ainda muito ingênua, ignorava a labuta incessante do destino, a única convicção que eu tinha era de que as coisas só aconteciam pelo uso mais ou menos correto da minha vontade. Naquela hora em que pisara na estação com a mala ao meu lado, minha vontade havia se anulado, nada queria a não ser uma coisa: ser deixada em paz.

Encontrei seu avô logo na primeira noite; ele jantava com outra pessoa no refeitório da pensão. Excetuando-se um senhor idoso, não havia outros hóspedes. Estava discutindo de forma bastante animada sobre política, e seu tom de voz conseguiu me irritar imediatamente. Durante o jantar, tive a oportunidade de lhe lançar uns olhares que demonstravam claramente o meu desagrado. Foi uma verdadeira surpresa quando descobri, no dia seguinte, que o médico das termas era justamente ele! Ficou uns dez minutos fazendo perguntas sobre o meu estado de saúde; na hora de tirar a roupa, aconteceu um fato bastante embaraçoso: comecei a suar, como se estivesse fazendo um grande esforço. Auscultando meu coração, ele exclamou: "Puxa vida, que susto!" e caiu na gargalhada de um jeito muito irritante. Quando começou a apertar o manômetro da pressão, o indicador de mercúrio subiu logo aos valores mais altos. "A senhora sofre de hipertensão?", perguntou então. Eu estava furiosa comigo mesma, dizia a mim mesma que não havia motivo para susto, era só um médico fazendo o seu trabalho, não era normal que eu me agitasse tanto. Mas, por mais que tentasse, não conseguia me acalmar. Na porta, entregando-me um papel com as prescrições, apertou minha mão. "Descanse, acalme-se", disse, "pois do contrário nem as águas poderão ajudar."

Naquela mesma noite, depois do jantar, ele veio se sentar à minha mesa. No dia seguinte, já passeávamos juntos, conversando pelas ruas da cidadezinha. Aquela vivacidade impetuosa que no começo me irritara começava agora a despertar minha curiosidade. Em tudo aquilo que ele dizia, havia paixão, entusiasmo, era impossível estar perto dele sem ficar de algum modo contagiada pelo calor que exalava cada uma de suas frases, pelo calor de seu corpo.

Tempos atrás, li no jornal que, segundo as mais recentes teorias, o amor não nasce no coração, mas no nariz. Quando duas pessoas se encontram e gostam uma da outra, começam a enviar pequenos hormônios cujo nome esqueci; tais hormônios entram pelo nariz, sobem até o cérebro e ali, em algum cantinho secreto, desencadeiam a tempestade do amor. Os sentimentos, concluía o artigo, não passam de odores invisíveis. Que bobagem! Quem, na vida, experimentou o verdadeiro amor, aquele grande e sem palavras, sabe que essas afirmações não passam de mais um golpe baixo visando jogar o coração no esquecimento. Claro, o cheiro da pessoa amada pode provocar graves perturbações. Mas, para provocá-las, deve ter havido outra coisa antes, alguma coisa que, no meu entender, há de ser muito diversa de um mero odor.

Ao ficar perto de Ernesto naqueles dias, pela primeira vez pareceu que meu corpo não tinha fronteiras. Sentia à minha volta uma espécie de halo impalpável; era como se meus contornos fossem mais amplos e tal amplitude vibrasse no ar a cada movimento. Sabe como reagem as plantas se você passar alguns dias sem regá-las? As folhas amolecem e, em vez de se levantarem em direção à luz, permanecem viradas para baixo, como as orelhas de um coelho deprimido. Pois bem, nos anos anteriores, minha vida havia se parecido justamente com a de uma planta sem água; o orvalho noturno me proporcionara o alimento mínimo para sobreviver, mas a não ser por aquelas poucas gotas eu não recebia nada mais, só tinha força suficiente para ficar de pé, nada mais. Basta regar a planta uma única vez para que se recupere, para que as folhas se levantem. Foi o que aconteceu comigo durante a primeira semana. Seis dias após minha chegada, eu me olhei no espelho e vi uma nova mulher. A pele se amaciara, os olhos haviam se tornado mais luminosos, e enquanto me vestia eu, que desde a infância deixara de fazê-lo, comecei a cantar.

Olhando a história do lado de fora, talvez para você seja natural imaginar que sob aquela euforia serpejassem perguntas, inquietações, remorsos. Afinal eu era uma mulher casada, como podia aceitar tão despreocupadamente a companhia de outro homem? Mas na verdade não havia perguntas ou receios de espécie alguma, e não porque eu fosse particularmente atrevida. Era simplesmente porque o que eu vivia tinha a ver com o corpo, somente com o corpo. Eu era como um filhote que, após vaguear longamente pelas ruas no inverno, encontra uma toca quentinha: ele nada pergunta, apenas fica ali aproveitando o calor. Além disso, eu tinha muito pouco apreço pelos meus encantos femininos, e por conseguinte nem passava pela minha cabeça que um homem pudesse sentir por mim aquele tipo de interesse.

No primeiro domingo, eu estava indo a pé para a igreja e Ernesto se aproximou dirigindo um carro. "Para onde vai?", perguntou debruçando-se na janela; respondi que ia à missa, e ele abriu a porta, dizendo: "Acredite, Deus vai ficar muito mais contente se, em vez de ir à igreja, a senhora for dar um lindo passeio pelos bosques". Depois de muitas subidas e descidas, chegamos a uma trilha que se perdia entre as castanheiras. Eu não tinha sapatos apropriados para caminhar por uma senda esburacada, não parava de tropeçar. Quando Ernesto segurou a minha mão, me pareceu a coisa mais natural do mundo. Andamos um bom trecho em silêncio. No ar, já havia o cheiro do outono, a terra estava úmida, as árvores tinham já muitas folhas amareladas, e a luz, passando entre elas, desbotava-se em várias tonalidades. A certa altura, no meio de uma clareira, deparamos com uma castanheira enorme. Lembrando-me do meu carvalho, eu me aproximei dela; primeiro a acariciei com a mão, em seguida encostei o rosto nela. Logo depois, Ernesto apoiou o rosto ao lado do meu. Desde que nos conhecêramos, nossos olhos nunca haviam ficado tão perto.

No dia seguinte, não quis vê-lo. A amizade estava se transformando em algo diferente, e eu queria ter tempo para pensar. Já não era uma mocinha, era uma mulher casada com as minhas responsabilidades; ele também era casado e, ademais, tinha um filho. Eu já havia previsto toda a minha vida até a velhice; o fato de agora aparecer algo que não estava nos meus planos gerava uma grande ansiedade. Eu não sabia o que fazer. A novidade, num primeiro momento, é sempre assustadora; para conseguir sair do impasse, é preciso superar a sensação de medo. Assim, uma hora dizia: "É uma grande bobagem, a maior da minha vida, preciso esquecer tudo, anular o pouco que houve". E no momento seguinte já pensava que bobagem maior seria justamente esquecer tudo, pois, pela primeira vez desde menina, eu me sentia viva, tudo vibrava ao meu redor, dentro de mim, me parecia impossível ter de renunciar àquilo. E, além disso tudo, também havia em mim uma desconfiança, a desconfiança que todas as mulheres têm ou pelo menos tinham: de que ele só estivesse brincando comigo, que só estivesse a fim de se divertir. Todos esses pensamentos se agitavam na minha cabeça quando eu estava sozinha naquele triste quarto de pensão.

Naquela noite, não consegui pegar no sono até as quatro, estava agitada demais. Na manhã seguinte, no entanto, não me sentia nem um pouco cansada, e ao me vestir comecei a cantar. Naquelas poucas horas, brotara em mim uma incrível vontade de viver. No décimo dia, mandei um cartão-postal a Augusto: *Ar ótimo, comida medíocre. Espero que funcione*, escrevi, me despedindo com um forte abraço. Tinha passado a noite anterior com Ernesto.

Naquela noite, eu percebi de repente que entre a alma e o corpo há uma multidão de pequenas janelas; se abertas, passam por elas as emoções que, se apenas entreabertas, mal conseguem escoar. Só o amor pode escancará-las todas de uma só vez, como uma rajada de vento.

Durante a última semana da minha permanência em Porretta, ficamos juntos o tempo todo, dávamos longos passeios, conversávamos até ficar de garganta seca. E que diferença entre as palavras de Ernesto e as de Augusto! Naquele, tudo era paixão, entusiasmo, sabia abordar os mais intrincados assuntos com a mais absoluta simplicidade. Falávamos muito de Deus, da possibilidade de haver, além da realidade tangível, algo mais. Ele havia lutado na Resistência e, em várias ocasiões, ficado cara a cara com a morte. Daqueles momentos, nascera nele a ideia de algo superior, não por causa do medo, mas pela expansão da consciência por um espaço mais amplo. "Não consigo acompanhar os rituais", dizia, "jamais entraria num local de culto, nunca poderia acreditar nos dogmas, nas histórias inventadas por homens como eu." Roubávamos as palavras um da boca do outro, pensávamos as mesmas coisas e as dizíamos da mesma forma, parecia que nos conhecíamos havia anos, não apenas duas semanas.

O tempo já era curto para nós, nas últimas noites não dormimos mais de uma hora, só cochilamos o mínimo indispensável para recuperar as forças. Ernesto tinha verdadeira paixão pelo assunto da predestinação. "Na vida de cada homem", dizia, "só existe uma mulher com a qual é possível alcançar a união perfeita, e na vida de cada mulher só há um homem com o qual se completa." Encontrarem-se, entretanto, seria uma sorte reservada a poucos, muito poucos. Todos os demais seriam forçados a viver num estado de insatisfação, de eterna saudade. "Quantos poderão ser os encontros como este?", dizia ele no escuro do quarto. "Um em dez mil, um em um milhão, um em milhões?" Isso mesmo, um em dez milhões. Todos os demais não passariam de meros conformismos, simpatias epidérmicas, efêmeras, afinidades físicas ou de temperamento, convenções sociais. Depois dessas considerações, não se cansava de repetir: "Que sorte a nossa, não é? Sabe lá o que há por trás disso tudo, como explicar?"

No dia da partida, esperando o trem na minúscula estação, ele me abraçou, sussurrando no meu ouvido: "Em que vida nos conhecemos?" "Em muitas", respondi, começando a chorar. Escondido na minha bolsa, levava o endereço dele em Ferrara.

Nem preciso lhe contar os meus sentimentos naquelas longas horas de viagem, demasiado convulsivos, demasiado conflitantes. Eu sabia muito bem que deveria sofrer uma metamorfose, ia ao banheiro o tempo todo para controlar a expressão em meu rosto. A luz nos olhos, o sorriso deveriam se apagar, desaparecer. Para confirmar a boa qualidade do ar, só deveriam permanecer as faces rosadas. Tanto meu pai como Augusto me acharam muito melhor. "Bem que eu disse que as águas fazem milagres", não parava de comentar meu pai, enquanto Augusto — coisa quase inacreditável para ele — me cercava de pequenos galanteios.

Quando você também experimentar pela primeira vez o amor, entenderá como seus efeitos podem ser variados e engraçados. Enquanto não estamos apaixonadas, enquanto nosso coração continua livre e nosso olhar a ninguém pertence, entre todos os homens pelos quais poderíamos nos interessar nenhum se digna a nos olhar. Na hora em que estamos presas a uma única pessoa, quando não nos importamos minimamente com os outros, todos se derretem em sorrisos, falam palavras doces e não se cansam de nos cortejar. É o efeito das janelas de que falei antes: quando abertas, o corpo fornece à alma grande luminosidade, tal como a alma ao corpo, iluminam-se reciprocamente, como que num jogo de espelhos. Não demora para termos à nossa volta uma espécie de halo dourado, e esse halo atrai os homens tal como o mel atrai os ursos. Augusto não escapou desse efeito, e eu também, embora possa parecer estranho, não tinha dificuldade para ser amável com ele. É claro que, se conhecesse um pouco melhor as coisas do mundo, se tivesse apenas um tantinho de malícia, ele teria entendido sem maiores dificuldades o que se passara. Pela primeira vez desde que nos casamos, senti certa gratidão pelos seus horrorosos insetos.

Eu pensava em Ernesto? Claro, era praticamente a única coisa que fazia. Pensar, no entanto, não é o termo correto. Mais que pensar, eu existia para ele, ele existia em mim, em cada gesto, em cada pensamento éramos uma só pessoa. Quando nos despedimos, ficou acertado que eu escreveria primeiro. Para que ele pudesse escrever, eu iria antes encontrar o endereço de uma amiga de confiança que pudesse receber as cartas. Enviei a primeira carta na véspera de Finados. O período que se seguiu foi o mais terrível de todo o nosso relacionamento. Nem mesmo os grandes amores, os absolutos, ficam isentos de dúvidas na separação. De manhã, eu abria os olhos de repente, quando lá fora ainda estava escuro, e ficava imóvel, em silêncio, ao lado de Augusto. Era o único momento em que não precisava esconder os meus sentimentos. Voltava a pensar naquelas três semanas. E se Ernesto, dizia a mim mesma, não passasse de um sedutor, um sujeito que se dedicava às mulheres sozinhas nas termas só por falta de algo melhor? Quanto mais dias se passavam sem a chegada de uma carta, mais essa dúvida se transformava em certeza. Tudo bem, dizia então a mim mesma, ainda que assim seja, ainda que tenha me comportado como uma mocinha ingênua, não foi uma experiência negativa nem inútil. Se não tivesse me deixado levar, acabaria envelhecendo e morrendo sem saber o que uma mulher pode experimentar. Veja bem, de algum modo estava tentando me precaver, estava procurando amortecer a pancada.

Augusto e meu pai notaram a piora no meu humor. Qualquer coisinha me deixava irritada; assim que um deles entrava num aposento, eu saía, precisava ficar sozinha. Revivia continuamente as semanas que passamos juntos, examinava-as com frenesi em cada detalhe para encontrar um indício, uma prova que me empurrasse definitivamente em uma ou em outra direção. Quanto tempo durou esse suplício? Um mês e meio, quase dois. Na semana do Natal, a carta chegou à casa da amiga que funcionava de intermediária, cinco páginas densas de uma escrita grande e luminosa.

Meu bom humor retornou de repente. Entre escrever e esperar a resposta, o inverno e a primavera passaram rapidamente. A presença constante de Ernesto nos meus pensamentos alterava a minha percepção do tempo, todas as minhas energias se concentravam num futuro indefinido, na hora em que eu poderia reencontrá-lo.

A profundidade de sua carta confirmou em mim o sentimento que nos unia. O nosso era um amor grande, imenso e, como todos os amores realmente grandes, estava longe de ser afetado pelos acontecimentos mundanos. Talvez você ache estranho que uma separação tão longa não provocasse em nós um sofrimento pavoroso, e talvez não corresponda exatamente à verdade dizer que não sofríamos. Tanto eu como Ernesto ficávamos aflitos com a distância forçada, mas era uma dor em que se mesclavam outros sentimentos — por trás da emoção da espera, o sofrimento acabava ficando em segundo plano. Éramos duas pessoas adultas e casadas, sabíamos muito bem que as coisas não podiam ser diferentes. Provavelmente, se tudo aquilo tivesse acontecido hoje em dia, menos de um mês depois eu teria pedido a separação de Augusto, e ele, da mulher, e antes do Natal já estaríamos morando juntos. Teria sido melhor? Não sei. No fundo, não consigo tirar da cabeça a ideia de que a facilidade do relacionamento torna banal o amor, transforma a intensidade do arrebatamento em paixão passageira. Tal como acontece quando, nos bolos, a gente não mistura direito o fermento e a farinha. Em lugar de crescer de maneira uniforme, a massa só cresce de um lado, ou melhor, explode, racha e escorre como lava. É o que acontece com a unicidade da paixão: transborda.

Naquela época, ter um amante e conseguir vê-lo não era algo simples. Para Ernesto, até podia ser mais fácil — como médico, podia sempre inventar um concurso, uma convenção, alguma visita urgente, mas para mim, que não tinha outra atividade senão as tarefas domésticas, era quase impossível. Eu precisava inventar uma ocupação, alguma coisa que me permitisse ausências de algumas horas ou até de dias sem despertar suspeitas. Assim, antes da Páscoa, eu me matriculei numa associação de latinistas amadores, que se reuniam uma vez por semana e faziam excursões culturais frequentes. Sabendo da minha paixão pelas línguas clássicas, Augusto não desconfiou de nada nem se opôs; achou, inclusive, muito bom eu voltar aos meus antigos interesses.

Naquele ano, o verão chegou num piscar de olhos. No fim de junho, como todos os anos, Ernesto partiu para a temporada nas termas, e eu, com meu pai e Augusto, para as férias na praia. Naquele mês, consegui convencer Augusto do meu desejo persistente de ter um filho. No dia 31 de agosto, bem cedinho, ele me levou à estação para pegar o trem para Porretta, com a mesma mala e a mesma roupa do ano anterior. Durante a viagem, estava tão agitada que não consegui ficar quieta um minuto; pela janela, via a mesma paisagem de um ano antes, mas agora tudo me parecia diferente.

Permaneci nas termas por três semanas, e nesse tempo vivi mais profundamente que durante todo o resto da minha vida. Um dia, enquanto Ernesto estava no trabalho e eu passeando no parque, cheguei a pensar que a coisa mais linda naquele momento seria morrer. Pode parecer estranho, mas o máximo de felicidade, tal como o máximo de infelicidade, sempre traz consigo esse desejo contraditório. Eu tinha a impressão de estar viajando havia muito tempo, de ter caminhado anos e anos por estradas de terra, por trilhas esburacadas, entre moitas impenetráveis; para seguir adiante, tinha sido preciso abrir caminho com o facão; eu avançava e só conseguia ver o que estava imediatamente diante dos meus pés; não sabia para onde estava indo, podia haver um precipício à minha frente, um barranco, uma grande cidade ou o deserto; então, de súbito, a vegetação se abriu e sem perceber eu tinha ido parar no alto. Estava agora no topo de uma montanha, o sol acabara de nascer, e diante de mim, numa sequência de matizes, outras montanhas se perdiam até o horizonte. Tudo era de um tom azulado, uma brisa suave soprava lá em cima, no topo e na minha cabeça, e nos pensamentos dentro dela. De vez em quando, ouvia-se, vindo de baixo, um som qualquer, o latido de um cão, o badalo de um sino. As coisas eram ao mesmo tempo estranhamente leves e intensas. Dentro e fora de mim, tudo se tornara claro, nada se amontoava na confusão de luzes e sombras, eu já não queria descer, não queria voltar a me embrenhar na mata. Queria mergulhar naquele azul e ficar ali para sempre, queria abandonar a vida no momento mais alto. O pensamento permaneceu na minha cabeça até o entardecer, até a hora de encontrar Ernesto. Durante o jantar, no entanto, não tive coragem de lhe contar, receava que começasse a rir. Só à noite, quando se juntou a mim no meu quarto e me abraçou, aproximei a boca do seu ouvido. Pretendia lhe dizer: "Quero morrer". E sabe o que acabei dizendo? "Quero um filho."

Quando deixei Porretta, já sabia que estava grávida. Acho que Ernesto também sabia, nos últimos dias andava muito perturbado, confuso, calado. Para mim, estava tudo ótimo. Meu corpo começara a mudar já na manhã seguinte à concepção, os seios tinham repentinamente se enchido, enrijecido, e a pele do rosto se tornara mais luminosa. É realmente incrível como o corpo precisa de pouco tempo para se adaptar à nova condição. Por isso mesmo, posso afirmar que, embora a minha barriga ainda não tivesse crescido, embora não tivesse ainda o resultado dos exames, eu sabia muito bem o que havia acontecido. De repente eu me sentia extremamente solar, meu corpo se modificava, começava a se expandir, a se tornar poderoso. Eu nunca tinha experimentado algo parecido.

As preocupações só turvaram meus pensamentos quando me vi sozinha no trem. Enquanto permaneci perto de Ernesto, não tive a menor dúvida de que teria a criança: Augusto, a minha vida em Trieste, as fofocas, tudo estava muito distante. Agora, porém, todo aquele mundo estava se aproximando, a velocidade com que a gravidez iria prosseguir me forçava a tomar decisões sem demora e — uma vez tomadas — a mantê-las para sempre. Logo percebi que, paradoxalmente, abortar seria muito mais difícil que ter o filho. Augusto certamente ficaria desconfiado com um aborto. E como poderia justificá-lo diante dele depois de ter insistido durante anos no meu desejo de ser mãe? Além do mais, eu não queria abortar, aquela criatura que crescia dentro de mim não havia sido um erro, algo de que eu precisava me livrar o quanto antes. Era a realização de um desejo, talvez o maior e mais intenso da minha vida.

Quando amamos um homem — quando o amamos com a totalidade da nossa alma e do nosso corpo —, a coisa mais natural é desejar um filho. Não se trata de um desejo inteligente, baseado nos princípios da racionalidade. Antes de conhecer Ernesto, eu já queria um filho e sabia perfeitamente por que o queria e quais seriam os prós e os contras de tê-lo. Em suma, tratava-se de uma opção racional, eu queria uma criança porque já não era tão mocinha e me sentia muito só, porque era mulher e, quando as mulheres nada fazem, podem ao menos ter filhos. Está entendendo? Eu teria usado o mesmo critério na hora de comprar um carro novo.

Mas quando, naquela noite, eu disse a Ernesto: "Quero um filho", foi algo inteiramente diferente, o bom senso era contrário a tal decisão, e ainda assim tal decisão foi mais forte que qualquer bom senso. Afinal de contas, nem chegou a ser uma decisão, foi um frenesi, uma avidez de posse eterna. Eu queria Ernesto dentro de mim, comigo, ao meu lado, para sempre. Agora, ao ler como me comportei, você provavelmente deve estar tendo arrepios de horror, deve estar imaginando como foi possível ficar comigo por tanto tempo sem perceber estes meus lados sórdidos e desprezíveis. Quando cheguei à estação de Trieste, fiz a única coisa que podia fazer: me mostrei uma mulher terna e profundamente apaixonada. De imediato, Augusto ficou surpreso com o meu comportamento, mas, em vez de ficar com a pulga atrás da orelha, se deixou envolver.

Passado um mês, já se tornara plenamente plausível que aquele filho fosse dele. No dia em que anunciei o resultado dos exames, ele deixou o escritório no meio da manhã e passou o dia inteiro comigo, planejando as mudanças na casa para a chegada da criança. Quando gritei a notícia no ouvido do meu pai, ele segurou minhas mãos entre as dele e ficou parado por algum tempo, enquanto seus olhos se umedeciam e avermelhavam. Já fazia tempo que a surdez o excluíra da maior parte da vida, e seu raciocínio procedia aos saltos, entre uma e outra frase havia vazios repentinos, desvios ou fragmentos de lembranças que não se coadunavam. Não sei por que, mas, diante daquelas lágrimas, em lugar de comoção experimentei uma leve sensação de enfado. Nelas só via retórica, nada mais. Fosse como fosse, ele não chegou a ver a neta: morreu dormindo, sem sofrer, quando eu estava no sexto mês de gravidez. Ao vê-lo no caixão, reparei pela primeira vez como ele emagrecera e se tornara decrépito. No rosto, a mesma expressão de sempre, distante e neutra.

Obviamente, depois do resultado dos exames, também escrevi a Ernesto; a resposta dele chegou em menos de dez dias. Esperei algumas horas antes de ler a carta, estava muito nervosa, receava que dentro dela houvesse algo desagradável. Só decidi ler quando o sol já se punha, e para fazê-lo em paz me tranquei no banheiro de um café. Suas palavras eram serenas e ajuizadas. "Não sei se é a melhor coisa a fazer", dizia, "mas, se foi o que você decidiu, respeito sua decisão."

Daquele dia em diante, removidos todos os obstáculos, começou a minha tranquila espera de mãe. Deveria me sentir um monstro? Não sei. Durante a gravidez e por muitos anos depois, jamais tive dúvidas ou arrependimentos. Você poderá perguntar como eu conseguia fingir amar um homem enquanto trazia no ventre o filho de outro, que eu amava de verdade. Veja bem, as coisas nunca são tão simples, nunca são pretas ou brancas, cada cor comporta uma porção de matizes. Não era trabalho nenhum, para mim, ser gentil e carinhosa com Augusto, pois de fato eu lhe queria bem. Era um bem muito diverso do que eu queria a Ernesto, amava meu marido não como uma mulher ama um homem, mas como uma irmã gosta de um irmão mais velho e um tanto maçante. Se ele fosse mau comigo, tudo teria sido diferente, eu nunca teria decidido ter um filho e continuar vivendo com ele. O que acontecia era Augusto ser mortalmente metódico e previsível; fora isso, no fundo era uma pessoa boa e gentil. Ficou feliz por ter aquela criança, e eu também, por poder lhe dar uma. Por que cargas d'água deveria eu então revelar o segredo? Se o fizesse, teria de uma só vez lançado três vidas numa infelicidade permanente.

Era isso que eu pensava, pelo menos na época. Agora que há mais liberdade de escolha, o que fiz pode parecer realmente terrível, mas então — quando me aconteceu viver aquela situação — era um fato bastante comum. Não chego a dizer que acontecesse com todos os casais, mas era, sem dúvida, frequente uma mulher conceber no âmbito do casamento um filho gerado com outro homem. E o que acontecia? O que aconteceu comigo, ou seja, absolutamente nada. A criança nascia, crescia como os demais irmãos, se tornava adulta sem a menor suspeita. Naquela época, a família tinha alicerces extremamente sólidos, e para destruí-la era preciso muito mais que um filho diferente dos outros. Foi justamente o que se deu com a sua mãe. Nasceu e de imediato passou a ser filha minha e de Augusto. O mais importante, para mim, era Ilaria ter sido fruto do amor, e não do acaso, das convenções e do tédio. Eu achava que isso bastaria para eliminar qualquer outro problema. Como estava errada!

Nos primeiros tempos, fosse como fosse, tudo prosseguiu de modo natural, sem solavancos. Eu vivia para ela, era — ou acreditava ser — uma mãe muito carinhosa e dedicada. Já a partir do primeiro verão, me acostumei a passar os meses mais quentes com a menina na costa adriática. Tínhamos alugado uma casa, e a cada duas ou três semanas Augusto ia passar o sábado e o domingo conosco.

Foi naquela praia que Ernesto viu a filha pela primeira vez. Obviamente fingiu ser um perfeito estranho, durante os passeios caminhava "por acaso" perto de nós, na praia alugava uma espreguiçadeira e uma barraca a poucos metros da nossa, e dali — quando Augusto não estava — ficava horas olhando para nós e escondendo seu interesse atrás de um livro ou jornal. À noite, escrevia longas cartas, descrevendo tudo o que lhe passara pela mente, seus sentimentos por nós, o que tinha visto. Enquanto isso, sua mulher também tivera outro filho, ele deixara o emprego de verão nas termas e abrira um consultório particular na sua cidade, Ferrara. Durante os primeiros três anos de vida de Ilaria, excetuando-se aqueles encontros fingidamente casuais, não tivemos mais contato. Eu ficava muito ocupada com a menina, acordava todas as manhãs com a alegria de saber que ela existia e, mesmo querendo, não teria tido tempo para me dedicar a outra coisa.

Pouco antes de nos despedirmos, durante a última temporada nas termas, Ernesto e eu tínhamos feito uma promessa. "Todas as noites", disse ele, "às onze em ponto, seja onde for que eu estiver e seja qual for a situação, vou sair ao ar livre e procurar Sirius no céu. Você faz o mesmo, e assim nossos pensamentos poderão se encontrar e ficar juntos lá em cima, ainda que estejamos distantes e nada saibamos um do outro." Estávamos na sacada, e dali, apontando para as estrelas, entre Órion e Betelgeuse, ele me mostrou Sirius.

12 de dezembro

Esta noite acordei de repente com um barulho que ecoava pela casa. Levei algum tempo para me dar conta de que era o telefone, e quando me levantei ele já havia tocado muitas vezes. Parou de tocar justamente na hora em que ia atender. Mesmo assim, levantei o fone e, com a voz cheia de sono, disse "Alô" duas ou três vezes. Em vez de voltar para a cama, sentei na poltrona ali perto. Será que era você? Quem mais poderia ser? Aquele som no silêncio noturno da casa me deixou abalada. Voltou-me à memória um caso que uma amiga me contou uns anos atrás. O marido dela estava hospitalizado havia algum tempo. Devido à rigidez dos horários de visita, ela não pôde estar perto dele no dia em que morreu. Prostrada de dor por tê-lo perdido daquela maneira, na primeira noite não conseguiu dormir, e estava parada no escuro quando ouviu o telefone. Ficou surpresa — seria possível alguém telefonar para dar os pêsames tão tarde da noite? Enquanto aproximava a mão do aparelho, reparou num fato estranho: o telefone irradiava um halo de luz tremulante. Assim que atendeu, a surpresa se transformou em terror. Havia uma voz extremamente longínqua do outro lado, que falava com dificuldade: "Marta", dizia entre chiados e descargas de estática, "eu queria me despedir antes de ir embora..." Era a voz do marido. Após essa frase, seguiu-se o barulho de uma ventania repentina; logo depois, a comunicação foi cortada e imperou o silêncio.

Naquela ocasião, tive dó da minha amiga pelo estado de profunda perturbação em que se encontrava — a ideia de que os mortos, para se comunicarem, recorressem a aparelhos modernos me parecia no mínimo esquisita. Ainda assim, acredito que aquela história tenha deixado sua marca na minha emotividade. Quem sabe eu mesma espere, lá no fundo, mas bem no fundo mesmo, na minha parte mais ingênua e mágica, que alguém me ligue um dia do além para dar um alô. Já enterrei minha filha, meu marido e o homem que mais amei no mundo.

Estão mortos, já não estão aqui, e no entanto continuo a viver como se fosse a sobrevivente de um naufrágio. A correnteza me salvou me levando para uma ilha, nada mais sei dos meus companheiros, deixei de vê-los no instante mesmo em que o barco virou. Podem estar mortos — e provavelmente estão —, mas também poderiam estar salvos. Apesar de meses e anos terem se passado, continuo olhando para as ilhas próximas à espera de uma lufada, de um sinal de fumaça, de qualquer coisa que confirme a minha suspeita de estarem vivos e continuarem sob o meu mesmo céu.

Na noite em que Ernesto morreu, fui acordada por um barulho alto. Augusto acendeu a luz e perguntou: "Quem é?" Não havia ninguém no quarto, nada estava fora do lugar. Só na manhã seguinte, ao abrir a porta do armário, percebi que dentro dele todas as prateleiras haviam desmoronado, sapatos, xales e cuecas tinham desabado uns em cima dos outros.

Agora posso dizer "na noite em que Ernesto morreu". Naquela ocasião, porém, ainda não o sabia; acabara de receber uma carta dele, não havia a menor possibilidade de saber o que havia acontecido. Só pensei que a umidade devia ter mofado os suportes das tábuas e que elas simplesmente não aguentaram o peso. Ilaria estava com quatro anos, não fazia muito tempo que começara a frequentar o jardim de infância, e a minha vida com ela e Augusto já se acomodara numa tranquilidade rotineira. Naquela tarde, depois da reunião dos latinistas, entrei num café para escrever a Ernesto. Dentro de dois meses haveria uma convenção em Mântua, a ocasião que há muito esperávamos para nos vermos. Antes de voltar para casa, pus a carta no correio e na semana seguinte já esperava a resposta. Não recebi sua carta nem naquela semana nem nas seguintes. Nunca acontecera eu ter de esperar tanto tempo. No começo, pensei em algum engano por parte dos correios, depois imaginei que estivesse doente e não pudesse ir ao consultório pegar a correspondência. Um mês mais tarde, escrevi uma curta mensagem, mas também ficou sem resposta. Com o passar do tempo, comecei a me sentir como uma casa em cujas fundações se infiltrou um curso de água. No começo era um curso vagaroso, discreto, mal chegava a roçar nas estruturas de concreto, mas, com o tempo, se tornou mais volumoso e violento, sua força transformou o concreto em areia, e, embora a casa ainda permanecesse de pé, ainda que aparentemente tudo estivesse como antes, eu sabia não ser verdade: bastaria um leve empurrão para que a fachada ruísse com o restante, para que desmoronasse como um castelo de cartas.

Quando parti para a convenção, eu parecia a sombra de mim mesma. Depois de marcar presença em Mântua, fui direto para Ferrara, onde procurei saber o que tinha acontecido. No consultório, ninguém atendia; olhando da rua, só se viam janelas fechadas. No segundo dia, entrei numa biblioteca pública para consultar os jornais dos meses anteriores. E, numa pequena nota, encontrei a explicação. Voltando à noite da casa de um paciente, Ernesto tinha perdido a direção do carro e se espatifara contra um grande plátano; a morte tinha sido quase instantânea. O dia e a hora correspondiam exatamente ao desmoronamento no interior do meu armário.

Uma vez, numa daquelas revistas bobas que a senhora Razman me traz, li na coluna de astrologia que as mortes violentas ficam por conta de Marte na oitava casa. Pelo que o artigo dizia, quem nasce nessa conjunção de estrelas é fadado a não morrer tranquilamente na cama. Sabe-se lá se no céu de Ernesto e Ilaria brilhava essa sinistra coincidência. Com uma diferença de mais de vinte anos, pai e filha se foram para sempre da mesma forma: se espatifando de carro contra uma árvore.

Depois da morte de Ernesto, fiquei entregue a uma depressão profunda. Percebi de repente que a luz que brilhara em mim durante os últimos anos não era interior, mas apenas reflexa. A felicidade, a alegria de viver que eu tinha experimentado não eram, de fato, realmente minhas, eu só funcionara como um espelho. Ernesto irradiava a luz, e eu a refletia. Com o desaparecimento dele, tudo se tornara opaco de novo. Ver Ilaria já não me proporcionava alegria, mas somente irritação; fiquei tão abalada que cheguei mesmo a duvidar de que ela fosse filha dele. Ela percebeu de imediato a minha mudança, com as suas antenas de menina sensível prontamente captou a minha repulsa e se tornou birrenta, prepotente. Àquela altura, ela já era a planta jovem e vital, e eu, a velha árvore prestes a ser sufocada. Ela farejava os meus sentimentos de culpa como um perdigueiro e os usava para chegar mais longe. A casa já se tornara um pequeno inferno de berros e discussões.

Para me aliviar daquele peso, Augusto contratou uma mulher para cuidar da menina. Durante algum tempo, ele tentara despertar o interesse de Ilaria pelos insetos, mas após três ou quatro tentativas frustradas — com ela gritando: "Que nojo!" — achou melhor esquecer isso. De súbito, todos os seus anos caíram em cima dele: mais que pai, parecia o avô da menina. Ele era gentil com ela, mas distante. Quando eu passava diante do espelho, também me via envelhecida, os meus traços revelavam uma dureza que antes não existia. O descuido era um modo de manifestar o desprezo que sentia por mim mesma. Com a escola e a empregada, eu tinha muito tempo só para mim. A infelicidade me forçava a passá-lo numa contínua agitação, eu pegava o carro e viajava de um lado para o outro do Carso, dirigindo numa espécie de transe.

Retomei algumas das leituras religiosas que haviam marcado a minha permanência em Áquila. Naquelas páginas, procurava furiosamente uma resposta. Caminhava repetindo para mim mesma a frase de santo Agostinho a respeito da morte da mãe: "Não devemos ficar tristes por tê-la perdido, e sim agradecer por tê-la tido".

Uma amiga me aconselhou a falar com o seu padre, e daqueles dois ou três encontros saí ainda mais desconsolada. As palavras dele eram melosas, exaltavam a força da fé, como se a fé fosse um produto de consumo à venda na loja da esquina. Eu não conseguia aceitar a perda de Ernesto, e a descoberta de que eu não brilhava com luz própria tornava ainda mais difícil encontrar uma resposta. Pois, veja bem, quando nos encontramos, quando o nosso amor nasceu, num átimo tive a certeza de já não existirem problemas na minha vida, eu me sentia feliz, feliz de viver com todas as coisas que comigo existiam, parecia ter chegado ao ponto mais alto da minha jornada, ao ponto mais aceitável, acreditava piamente que nada nem ninguém conseguiria me tirar dali. Havia, dentro de mim, a segurança um tanto orgulhosa de quem acha que já entendeu tudo. Por muitos anos, tive a certeza de ter percorrido o meu caminho com minhas próprias pernas, mas, ao contrário, não havia dado sequer um passo sozinha. Embora nunca tivesse me dado conta, estava montada num cavalo, e ele é que havia ido em frente, não eu. No instante em que o cavalo desapareceu, tive de tomar consciência dos meus pés, de quão fracos eram. Eu queria andar, mas os tornozelos cediam, meus passos eram os passos inseguros de uma criança muito pequena ou de um velho. Pensei então em me agarrar a um apoio qualquer, a religião poderia ser um, outro poderia ser um emprego. Mas tal ideia durou muito pouco. Não demorei nada para entender que seria mais um erro, e aos quarenta anos não há mais lugar para erros. Se de repente uma pessoa se descobre nua, precisa ter a coragem de se olhar no espelho tal como é. Eu precisava recomeçar tudo.

Sim, mas a partir de onde? De mim mesma. Algo fácil de dizer, mas extremamente difícil de fazer. Onde é que eu ficava? Quem eu era? Quando havia sido a última vez que fora eu mesma?

Como já disse, eu passava tardes inteiras caminhando pelo planalto. Às vezes, quando percebia que a solidão iria piorar ainda mais o meu humor, ia até a cidade e, me misturando com as pessoas, percorria incansavelmente as ruas mais conhecidas em busca de algum tipo de alívio. Era como se eu estivesse trabalhando, saía com Augusto de manhã e só estava de volta quando ele mesmo voltava. Meu médico disse a ele que, em certos tipos de colapso nervoso, aquela necessidade de movimento era algo normal. Uma vez que eu não tinha ideias suicidas, não havia perigo algum nas minhas contínuas andanças; na opinião dele, depois de tanto correr, eu iria me acalmar. Augusto aceitava tais explicações, mas não sei se de fato acreditava nelas — talvez se tratasse apenas de indolência e vontade de evitar problemas, mas de qualquer maneira eu ficava agradecida por ele sair de fininho e não se opor à minha profunda inquietação.

Fosse como fosse, o médico estava certo pelo menos numa coisa: mesmo com toda aquela depressão, eu certamente não tinha ideias suicidas. Pode parecer estranho, mas nem sequer por um instante pensei, depois da morte de Ernesto, em me matar, e não creia que era Ilaria o que me segurava. Já lhe disse, naquele momento eu não me importava absolutamente com ela. Eu tinha antes a impressão de que aquela perda repentina não era — não devia, não podia ser — algo gratuito. Devia haver um sentido nela, e eu via tal sentido como um imenso degrau diante de mim. Estava lá para que eu o vencesse? Podia ser que sim, mas eu não conseguia imaginar o que haveria depois, com que iria me deparar após galgá-lo.

Certo dia, cheguei de carro a um lugar onde nunca estivera. Havia uma igrejinha com um pequeno cemitério, entre colinas cobertas de mato. No topo de uma delas, ainda se viam as ruínas de um antigo castelo. Perto da igreja, havia duas ou três casas de camponeses, as galinhas escarafunchavam livremente na rua, um cão preto latia. Numa placa se lia Samatorza. Samatorza... O som lembrava solitude, um lugar perfeito para pôr os pensamentos em ordem. Dali partia uma trilha pedregosa, e comecei a andar sem nem querer saber para onde levava. Já entardecia, mas, quanto mais eu seguia adiante, menos vontade tinha de parar; de vez em quando um tentilhão me fazia sobressaltar. Havia algo que me chamava, eu não sabia o que, mas logo descobri, quando, ao chegar ao espaço aberto de uma clareira, vi lá no meio, paciente e majestoso, de galhos abertos como braços esperando por mim, um enorme carvalho.

Pode parecer engraçado, mas, quando o vi, meu coração começou a bater de um jeito diferente, mais que bater remoinhava, parecia um bichinho contente, só batia daquele jeito quando eu via Ernesto. Eu me sentei sob ele, acariciei-o, apoiei as costas e a cabeça no tronco.

Gnothi seauton, eu escrevera quando moça na capa do meu caderno de grego. Aos pés do carvalho, aquela frase perdida no passado me voltou imprevista à mente. Conheça a si mesmo. Ar, respiração.

16 de dezembro

Esta noite nevou, e, quando acordei, vi o jardim todo branco. Buck corria pelo gramado como um louco, pulava, latia, segurava um galho na boca e o lançava para o ar. Mais tarde, a senhora Razman veio me visitar, tomamos um cafezinho, ela me convidou para passar a noite de Natal com eles. "O que a senhora faz o dia todo?", perguntou antes de ir embora. Dei de ombros. "Nada", respondi, "vejo um pouco de televisão, penso um pouco."

Nunca me pergunta nada sobre você, fica rondando o assunto com discrição, mas pelo tom da sua voz percebo que a considera uma ingrata. "Os jovens", diz amiúde em suas conversas, "não têm coração, já não têm o mesmo respeito de antigamente." Para evitar que continue, concordo, mas dentro de mim, lá no fundo, acredito que o coração seja o mesmo, só que agora há menos hipocrisia, só isso. Os jovens não são naturalmente egoístas, como, aliás, os velhos não são naturalmente sábios. Sabedoria e superficialidade não pertencem aos anos, mas ao caminho que cada um percorre. Não faz muito tempo, em algum lugar de que não me lembro, li um provérbio dos indígenas americanos que afirma: "Antes de julgar uma pessoa, passe três luas usando seus sapatos". Gostei tanto que, para não esquecê-lo, escrevi-o no caderninho ao lado do telefone. Exteriormente, muitas vidas podem parecer erradas, irracionais, loucas. Enquanto nos ativermos ao exterior, será fácil interpretar mal as pessoas e o nosso relacionamento com elas. Apenas olhando sob a superfície, apenas caminhando três luas com seus sapatos, poderemos compreender suas motivações, seus sentimentos, o que as leva a agir de um jeito e não de outro. A compreensão nasce da humildade, não do orgulho do saber.

Será que você tentará usar os meus chinelos depois de ler isto? Espero que sim, espero que perambule com eles pela casa toda, que dê longos passeios pelo jardim, da cerejeira à nogueira, da nogueira à rosa, da rosa àqueles antipáticos pinheiros negros no fim do gramado. Espero isso não como esmola da sua misericórdia nem como absolvição póstuma, e sim apenas porque você precisa disso para o seu futuro. Entender de onde viemos, saber o que existiu antes de nós, é o primeiro passo para que possamos seguir adiante sem mentiras.

Eu deveria ter escrito esta carta à sua mãe, mas acabei escrevendo a você. Se não tivesse escrito, então minha vida seria realmente um rotundo fracasso. Cometer erros é natural, mas partir sem compreendê-los torna completamente vão o sentido de uma vida. As coisas que nos acontecem jamais têm um fim em si mesmas, jamais são gratuitas, cada encontro, cada pequena ocorrência guarda em si uma significação, e a compreensão de nós mesmos nasce da disponibilidade para reconhecer tais fatos, da capacidade de mudar de rumo a qualquer momento, de trocar a pele velha pela nova como os répteis com o passar das estações.

Se naquele dia, com quarenta anos, não tivesse me retornado à mente a frase do meu caderno de grego, se ali mesmo eu não tivesse sabido pôr um ponto-final antes de retomar o caminho, teria continuado a repetir os mesmos erros de sempre. Para afastar de mim a lembrança de Ernesto, poderia ter procurado outro amante, e mais outro, e mais outro; à procura de um substituto, na tentativa de reviver o que havia vivido, poderia ter tido dezenas deles. Sem, contudo, encontrar um que fosse igual ao original, e cada vez mais insatisfeita, teria seguido o meu caminho, e talvez, já velha e ridícula, me cercasse de um séquito de rapazolas. Ou então poderia ter odiado Augusto, pois no fundo também se deveu à presença dele a minha incapacidade de tomar atitudes mais drásticas. Compreende? Quando não queremos olhar dentro de nós mesmos, encontrar saídas é a coisa mais fácil do mundo. Sempre há uma culpa externa, é preciso ter muita coragem para aceitar que a culpa — ou melhor, a responsabilidade — é nossa e somente nossa. Mas de qualquer maneira — e insisto nisso — esse é o único modo de seguir adiante. Se a vida é uma viagem, trata-se de uma longa e ininterrupta subida.

Eu já tinha quarenta anos quando entendi qual deveria ser o meu ponto de partida. Entender aonde deveria chegar foi um processo mais demorado e cheio de obstáculos, mas apaixonante. Veja bem: na televisão, nos jornais, presencio agora toda essa proliferação de gurus — parece que, de repente, o mundo está repleto de gente que de um dia para o outro começa a seguir os ditames daqueles. É quase com pavor que vejo se multiplicarem todos esses mestres, os caminhos que propõem para encontrarmos a paz dentro de nós, a harmonia universal. São as antenas de uma grande confusão geral. No fundo — nem tão fundo, aliás — estamos chegando ao fim do milênio, e, embora as datas não passem de mera convenção, ainda assim dá medo, todos ficam na expectativa de que aconteça alguma coisa terrível, querem estar preparados. E aí recorrem aos gurus, se matriculam em escolas para encontrarem a si mesmos e, dentro de um mês, já estão imbuídos da arrogância que denota os profetas, os falsos profetas. Que grande, pavorosa mentira!

O único mestre existente, o único verdadeiro mestre de confiança, é a nossa consciência. Para encontrá-la, precisamos ficar em silêncio — sozinhos e em silêncio —, precisamos estar nus na terra nua, sem nada em volta, como se já tivéssemos morrido. No começo, nada percebemos senão o medo, mas então, lá no fundo, passamos a ouvir uma voz longínqua, uma voz tranquila que de início pode chegar a irritar com sua banalidade. É engraçado, toda vez que esperamos ver e ouvir coisas grandiosas, apenas as pequenas aparecem. São tão pequenas e óbvias que ficamos com vontade de gritar: "Quer dizer então que é só isso?!" Se a vida tem um sentido — dirá a voz —, tal sentido é a morte, o resto não passa de acompanhamento. Grande coisa, você vai comentar, descobriu a pólvora, até o último dos homens sabe muito bem que deve morrer. Concordo, no pensamento todos sabemos disso, mas saber com o pensamento é uma coisa, saber com o coração é outra, completamente distinta. Quando a sua mãe me agredia com toda aquela arrogância, eu lhe dizia: "Você me machuca no coração". Ela ria. "Não seja ridícula", respondia, "o coração é apenas um músculo; se não o cansar, não pode doer."

Tentei muitas vezes falar com ela para explicar, quando já estava crescida, o percurso que me levara a me afastar dela. "É verdade", eu dizia, "a certa altura da sua infância descuidei de você, fiquei muito doente. Se tivesse continuado a tomar conta de você enquanto estava doente, talvez tivesse sido ainda pior. Agora estou bem", eu dizia, "podemos falar sobre isso, reexaminar os fatos, começar de novo." Ela nem queria saber. Detestava a serenidade que eu estava alcançando, fazia o possível para miná-la, para me arrastar aos seus pequenos infernos cotidianos. Ilaria decidira que a condição dela era a infelicidade. Fechara-se em si mesma para que nada pudesse ofuscar a ideia que ela tinha sobre a própria vida. É claro que, racionalmente, dizia desejar ser feliz, mas na realidade — no fundo da alma — lá pelos dezesseis ou dezessete anos ela já tinha cortado qualquer possibilidade de mudança. Enquanto eu me abria lentamente para uma dimensão diversa, ela ficava ali, imóvel, de mãos sobre a cabeça, esperando que as coisas lhe caíssem do céu. A minha vida tranquila a deixava irritada; quando via os Evangelhos sobre a minha mesinha de cabeceira, dizia: "Está procurando consolo por quê?"

Quando Augusto morreu, ela nem quis comparecer ao enterro. Nos últimos anos, ele vinha sofrendo de uma forma muito grave de arteriosclerose, perambulava pela casa falando como uma criança, e ela já não o suportava. "O que é que esse senhor quer?", gritava assim que ele, arrastando os pés, aparecia no limiar de um aposento. Quando ele se foi, ela estava com dezesseis anos, e já desde os catorze havia deixado de chamá-lo de papai. Ele morreu num hospital numa tarde de novembro. Havia sido internado um dia antes por um infarto. Eu estava no quarto com ele, que já não usava pijama, mas uma espécie de jaleco preso às costas por tiras. Na opinião dos médicos, o pior já passara.

A enfermeira acabara de trazer o jantar quando ele, como se estivesse vendo algo, se levantou de repente e deu três passos em direção à janela. "As mãos de Ilaria", disse com os olhos opacos, "ninguém tem mãos como ela na família", depois voltou para a cama e morreu. Olhei para fora da janela. Caía uma garoa persistente. Acariciei-lhe a cabeça.

Ele guardara aquele segredo por dezesseis anos, sem nada dizer.

É meio-dia, o sol brilha e a neve está derretendo. Em alguns pontos do gramado, já aparecem manchas de relva amarela, dos galhos das árvores há um contínuo pingar de gotas d'água. É estranho, mas com a morte de Augusto percebi que a morte, por si só, não provoca sempre o mesmo tipo de sofrimento. Há um vazio repentino — o vazio é sempre o mesmo —, mas é justamente nesse vazio que se forma a diversidade da dor. Nesse espaço, tudo que não foi dito se materializa, se dilata mais e mais. Um vazio sem portas nem janelas, sem saídas; o que fica lá dentro ficará ali para sempre, suspenso sobre a nossa cabeça, nos envolvendo e indistinguindo, dentro e fora da mente, como uma neblina espessa. O fato de Augusto saber de Ilaria e nunca ter falado a respeito me deixou no mais profundo desespero. Àquela altura, eu tinha vontade de lhe falar sobre Ernesto, do que ele representara para mim, de falar sobre Ilaria, teria gostado de conversar com ele sobre uma porção de coisas, mas já não era possível.

Talvez agora você possa entender melhor o que eu lhe disse no começo: os mortos não pesam tanto pela ausência como por aquilo que — entre nós — nunca foi dito.

Após o desaparecimento de Augusto, tal como se dera após a morte de Ernesto, procurei conforto na religião. Eu tinha acabado de conhecer um jesuíta alemão pouco mais velho que eu. Percebendo que não me sentia à vontade durante os rituais religiosos, depois de alguns encontros ele propôs que conversássemos em algum outro lugar que não a igreja.

Já que ambos gostávamos de caminhar, decidimos dar longos passeios juntos. Ele vinha me buscar toda quarta-feira carregando uma velha mochila e calçando botas pesadas. Eu gostava muito do rosto dele, tinha a face marcada e séria de um homem crescido nas montanhas. No começo, o fato de ele ser padre me atemorizava, cada coisa que eu lhe contava era só pela metade, tinha medo de ele ficar escandalizado, de atrair condenações e opiniões impiedosas. Certo dia, enquanto descansávamos em cima de uma pedra, ele disse: "Você está machucando a si mesma. Veja bem: somente a si mesma". Daí em diante, parei de mentir e abri meu coração como nunca mais tinha feito após a morte de Ernesto. De tanto falar, não tardei muito a esquecer que tinha diante de mim um homem da Igreja. Ao contrário dos demais padres que eu conhecia, ele não usava palavras de condenação ou de consolo; toda a pieguice melosa das mais óbvias mensagens era para ele estranha. Havia uma espécie de dureza nele, que, à primeira vista, podia parecer altivez. "Só a dor faz crescer", dizia, "mas a dor deve ser enfrentada sem rodeios. Quem dela se desvia ou lastima está fadado a perder a batalha."

Vencer, perder, os termos de guerra que ele usava serviam para descrever uma luta silenciosa, interior. Em sua opinião, o coração do homem era como a Terra: metade iluminada pelo sol, metade na sombra. Nem mesmo os santos tinham luz em toda parte. "Não há como não termos sombras", dizia, "pelo simples fato de termos um corpo. Somos como as rãs, os anfíbios, uma parte de nós vive aqui embaixo, e a outra tende para cima. Viver consiste nisso, em ter consciência e saber disso, lutar para que a luz não desapareça vencida pela sombra. Desconfie de quem é perfeito", dizia, "de quem tem as soluções prontinhas no bolso, desconfie de tudo, exceto do que o seu coração lhe disser." Eu o escutava fascinada, jamais encontrara alguém que soubesse explicar tão claramente o que havia tempos se agitava em mim sem conseguir sair. Meus pensamentos ganhavam forma graças às suas palavras, de súbito havia um caminho a seguir, percorrê-lo já não me parecia impossível.

Às vezes ele trazia na mochila algum livro que lhe era particularmente querido; quando parávamos, lia para mim alguns trechos com sua voz clara e severa. Com ele descobri as orações dos monges russos, a oração do coração, e compreendi partes dos Evangelhos e da Bíblia que até então haviam permanecido obscuras para mim. É verdade que, nos anos que se seguiram ao desaparecimento de Ernesto, eu percorrera um bom caminho, quanto a isso não há dúvida, mas tratava-se de um caminho limitado ao conhecimento de mim mesma. E nesse caminho, a certa altura, eu esbarrara numa parede, sabia que além daquela parede o caminho seguia adiante, mais largo e mais luminoso, mas não sabia como chegar lá. Um dia, durante um aguaceiro repentino, encontramos abrigo na entrada de uma gruta. "O que devo fazer para ter fé?", perguntei lá dentro. "Nada, não há nada a fazer, a fé vem. Você já a tem, mas o seu orgulho a impede de admitir. Faz perguntas demais, acaba transformando o simples em complicado. Na verdade, o que você tem é um grande medo. Relaxe, deixe-se levar, e o que tiver de acontecer virá."

Eu voltava daqueles passeios cada vez mais confusa, mais insegura. Era algo muito desagradável, como já lhe disse, as palavras dele machucavam. Nem vou lhe contar quantas vezes desejei não vê-lo nunca mais. Na terça-feira à noite, dizia a mim mesma: vou telefonar para ele, pedir que não venha, pois não estou passando bem, mas acabava não ligando. Na tarde de quarta-feira, estava pontualmente esperando por ele com sua mochila e suas botas.

Aqueles passeios duraram pouco mais de um ano; de um dia para o outro, seus superiores o transferiram.

O que acabo de contar talvez a leve a pensar que o padre Thomas fosse um homem arrogante, que houvesse veemência ou fanatismo em suas palavras, em sua visão de mundo. Mas não era nada disso, no fundo era a pessoa mais pacata e meiga que já conheci, não era um soldado de Deus. Se havia algum misticismo em sua personalidade, tratava-se de um misticismo bastante concreto, firmemente ligado às coisas do dia a dia. "Estamos aqui e agora", costumava dizer.

Ao se despedir, ele me entregou um envelope. Dentro havia um cartão-postal com uma paisagem de pastos montanhosos. *O reino de Deus está dentro de nós*, estava impresso em alemão, e atrás, pela mão do padre, via-se escrito: *Sentada sob o carvalho, seja o carvalho, e não você mesma; no bosque, seja o bosque, no gramado seja a relva, entre os homens esteja com os homens.*

O reino de Deus está dentro de nós, está lembrada? Essa frase já deixara um marco em minha memória desde que, em Áquila, vivia o meu papel de esposa infeliz. Naquele tempo, fechando os olhos, escorregando com o olhar para dentro de mim, não conseguia ver coisa alguma. Depois de conhecer o padre Thomas, no entanto, sem dúvida algo havia mudado — continuava sem enxergar coisa alguma, mas já não se tratava de uma cegueira absoluta, naquela escuridão toda começava a haver certa claridade. De vez em quando, por frações de segundo, conseguia me esquecer de mim mesma. Era uma luz muito pequena e fraca, apenas uma chamazinha, um leve sopro bastaria para apagá-la. Só o fato de ela existir, todavia, me dava uma estranha leveza; não era alegria o que eu estava experimentando, mas profunda felicidade. Não havia euforia, exaltação, não me sentia melhor nem superior. O que crescia dentro de mim era apenas uma serena consciência de existir.

Relva no gramado, carvalho sob o carvalho, pessoa entre as pessoas.

20 de dezembro

Com Buck, que saltitava à minha frente, fui hoje de manhã até o sótão. Nem me lembro há quantos anos não abria aquela porta! Havia poeira por todo canto e grandes opiliões agarrados às vigas. Remexendo as caixas de papelão, descobri alguns ninhos de esquilos; dormiam tão profundamente que nem me perceberam. As crianças gostam muito de ir ao sótão, mas, quando ficamos velhos, já não é a mesma coisa. Tudo que era mistério, descobrimento e aventura se transforma em dor da saudade.

Eu procurava o presépio; para encontrá-lo, tive de abrir vários caixotes e os dois baús mais volumosos. Embrulhados em papéis e trapos, acabei encontrando os brinquedos de Ilaria e a boneca preferida de quando ela era menina.

Mais embaixo, brilhosos e em perfeito estado de conservação, estavam os insetos de Augusto, sua lupa, todos os apetrechos que usava para coletá-los. Numa lata de doces ao lado, presas por uma fita vermelha, as cartas de Ernesto. De seu não havia nada; você é jovem, vivaz, o sótão ainda não é o seu lugar.

Abrindo os saquinhos guardados dentro de um baú, também encontrei as poucas coisas da minha infância que sobraram entre as ruínas da casa. Estavam chamuscadas, enegrecidas, tirei-as de lá como se fossem relíquias. Na maioria, eram objetos de cozinha: uma bacia esmaltada, um açucareiro de louça azul e branco, alguns talheres, uma forma para bolo e, no fundo, as páginas soltas e sem capa de um livro. Que livro era? Não conseguia lembrar. Só quando o segurei com cuidado e comecei a ler as primeiras linhas, tudo me voltou à mente. Foi uma emoção fortíssima: não era um livro qualquer, era aquele que quando criança amei acima de qualquer outro, o que mais me fizera sonhar. Chamava-se *As maravilhas do ano 2000* e era, de alguma forma, um livro de ficção científica. A história era bastante simples, mas não desprovida de imaginação. Para ver se as magníficas promessas do progresso vão se realizar, dois cientistas do fim do século XIX decidem hibernar até o ano 2000. Passados cem anos, o neto de um colega deles, também cientista, descongela os dois e, a bordo de uma pequena plataforma voadora, leva-os para uma volta instrutiva pelo mundo. Não há extraterrestres nem naves espaciais na história; tudo o que acontece tem a ver apenas com o destino do homem, o que ele construiu com as próprias mãos. E, pelo que o autor afirma, o homem fez muitas coisas, todas maravilhosas. Já não há fome nem pobreza no mundo, porque a ciência e a tecnologia conseguiram tornar produtivo qualquer canto do planeta e — ainda mais importante — fazer com que toda essa fartura fosse distribuída com equidade entre todos os habitantes. As muitas máquinas livraram os homens do trabalho pesado, há muito tempo para o lazer, e assim cada ser humano pode cultivar as partes mais nobres de si — em qualquer parte do globo se podem ouvir músicas, versos, conversas filosóficas serenas e doutas. Como se não bastasse, graças à plataforma voadora, é possível ir de um continente a outro em menos de uma hora. Os dois velhos cientistas parecem muito satisfeitos; tudo que eles, com sua crença positivista, imaginaram se tornou realidade. Folheando o livro, também encontrei a minha ilustração preferida: aquela em que os dois estudiosos corpulentos, de barba darwiniana e colete xadrez, se debruçam deliciados na beira da plataforma para ver a paisagem.

Para acabar com qualquer dúvida, um dos dois ousa fazer a pergunta que mais lhe interessa: "E os anarquistas, os revolucionários, ainda existem?" "Ora, claro que existem", responde o guia, sorrindo. "Vivem em cidades só deles, construídas sob o gelo dos polos. Assim, se por acaso decidirem prejudicar alguém, não conseguirão."

"E os exércitos", de imediato pergunta o outro, "como é que ainda não vi nenhum soldado?" "Os exércitos já não existem", responde o jovem cientista.

A essa altura, os dois dão um suspiro de alívio: finalmente o homem voltou à sua bondade original! Mas se trata de um alívio de curta duração, porque logo a seguir o guia explica: "Não, não! Não é esse o motivo. O homem não perdeu o pendor para destruir, só aprendeu a se conter. Os soldados, os canhões, as baionetas já são coisas obsoletas. Em seu lugar, há um aparelho pequeno, mas extremamente poderoso. Com efeito, basta subir no topo de um monte e deixá-lo cair lá de cima para reduzir o mundo inteiro a uma nuvem de poeira e estilhaços".

Os anarquistas! Os revolucionários! Quantos pesadelos da minha infância nessas duas palavras. Talvez não seja tão fácil para você entender, mas por favor não se esqueça de que, quando estourou a Revolução de Outubro, eu tinha sete anos. Ouvia os adultos murmurarem coisas terríveis; uma amiguinha da escola me dissera que muito em breve os cossacos chegariam a Roma e iriam aplacar a sede de seus cavalos com a água das fontes sagradas da Basílica de São Pedro. O horror, naturalmente presente na mente infantil, impregnara de modo marcante aquela imagem: à noite, quando eu ia dormir, podia jurar que ouvia o som dos cascos descendo dos Bálcãs.

Quem poderia imaginar que os horrores que eu veria seriam tão diferentes, tão mais perturbadores que cavalos a galope pelas ruas de Roma! Quando menina, eu lia esse livro e fazia grandes cálculos para entender se, com a minha idade, conseguiria chegar ao ano 2000. Noventa anos me parecia uma idade bastante razoável, não tão fora de alcance. Essa ideia me provocava uma espécie de exaltação, uma ligeira sensação de superioridade sobre aqueles que não chegariam ao terceiro milênio.

Agora que estamos quase lá, sei que não vou conseguir. O que estou sentindo? Tristeza? Saudade? Não, só me sinto muito cansada. De todas as maravilhas anunciadas, só vi se concretizar uma: a pequena bomba extremamente poderosa. Não sei se acontece com todo mundo nos últimos dias de sua existência, esta sensação repentina de ter vivido demais, de ter visto e ouvido demais. Não sei se também acontecia com o homem do neolítico. No fundo, pensando no século quase inteiro que atravessei, fico com a impressão de que de alguma forma o tempo sofreu uma aceleração. Um dia segue sendo um dia, a duração da noite continua proporcional à do dia, a duração do dia segue sendo governada pelas estações. Isso acontece agora como acontecia no período neolítico. O sol nasce e se põe. Astronomicamente, se houver alguma diferença, é mínima.

E ainda assim tenho a impressão de que tudo sofreu, hoje em dia, uma aceleração. A história faz acontecer coisas várias, nos atropela com fatos sempre diversos. No fim de cada dia, nos sentimos mais cansados; no fim da vida, exaustos. Veja só a Revolução de Outubro, o comunismo! Eu vi o comunismo nascer, perdia o sono por causa dos bolcheviques; vi-o se espalhar pelo mundo, dividindo-o em duas grandes fatias, aqui o branco, ali o preto — o branco e o preto em sua eterna luta —, e nessa luta ficamos todos prendendo a respiração. Havia a bomba, já fora lançada, mas poderia ser lançada de novo a qualquer momento. De repente, num dia como outro qualquer, ligo a televisão e vejo que tudo isso já não existe, derrubaram-se os muros, as cercas de arame farpado, as estátuas — levou menos de um mês para a grande utopia do século se tornar um dinossauro. Foi embalsamada, já é inócua em sua imobilidade, fica no meio da sala, e todos passam diante dela e dizem: como era grande, oh, como era terrível!

Falo do comunismo, mas poderia falar de qualquer outra coisa; já vi tantas passarem diante dos meus olhos e, de todas, nenhuma ficou. Está entendendo agora por que digo que o tempo foi acelerado? No neolítico, o que podia acontecer no decorrer de uma vida? A estação das chuvas, a das neves, a estação do sol e a invasão dos gafanhotos, alguma escaramuça sangrenta com vizinhos não muito simpáticos, talvez a chegada de um meteorito com a sua cratera fumegante. Além dos limites de casa, além do rio, nada mais existia; ignorando-se as dimensões do mundo, o tempo forçosamente era mais lento.

"Que você possa viver numa época interessante", dizem os chineses para se cumprimentarem. Um desejo bondoso? Não creio; mais que uma bênção, me parece uma maldição. Os anos interessantes são os mais convulsos, aqueles em que acontecem mais coisas. Eu venho vivendo em épocas muito interessantes, mas aquelas em que você vai viver poderão ser ainda mais. Embora seja uma mera convenção astronômica, parece que a passagem do milênio sempre traz consigo uma perturbação considerável.

Em 1º de janeiro do ano 2000, os pássaros acordarão nas árvores à mesma hora do dia 31 de dezembro de 1999, cantarão do mesmo jeito e, logo depois de cantar, como no dia anterior, sairão em busca de alimento. Para os homens, no entanto, será completamente diferente. Se a justa punição ainda não houver chegado, talvez se dediquem de boa vontade à construção de um mundo melhor. Será? Talvez sim, talvez não. Os vários sinais que até agora pude examinar são muito variados e conflitantes entre si. Um dia tenho a impressão de que o homem não passa de um macaco entregue a seus instintos e, infelizmente, capaz de operar aparelhagens sofisticadas e extremamente perigosas; no dia seguinte, porém, quase me parece que o pior já passou e que a melhor parte do espírito começa a vir à tona. Qual das hipóteses será a verdadeira? Talvez nenhuma das duas, talvez na primeira noite do ano 2000 o céu, para punir o homem por sua idiotice e pela maneira completamente obtusa com que desperdiçou suas potencialidades, deixe realmente cair sobre a Terra uma terrível chuva de lava e fogo.

No ano 2000, você terá apenas vinte e quatro anos e poderá viver tudo isso. Eu, ao contrário, já terei partido, levando para o túmulo essa curiosidade insatisfeita. Será que você estará preparada, terá capacidade para enfrentar os novos tempos? Se neste instante descesse do céu uma fadinha prontificando-se a realizar três desejos, sabe o que lhe pediria? Que me transformasse num esquilo, num chapim, numa aranha doméstica, em alguma coisa que, apesar de não muito visível, pudesse viver ao seu lado. Não sei como será o seu futuro, não consigo imaginá-lo. Nas poucas ocasiões em que falamos a respeito, você deixou bem claro que não via diante de si um mar de rosas: com a certeza absoluta da adolescência, acreditava que a infelicidade que então a afligia continuaria a afligi-la para sempre. Quanto a mim, creio que vai se dar exatamente o contrário. E por que, você poderá perguntar, quais são os motivos que me induzem a acreditar nessa louca ideia? Por causa de Buck, meu amor, sempre por causa dele. Porque, quando o escolheu no canil, você pensou ter escolhido apenas um cão entre tantos. Naqueles três dias, no entanto, você teve de travar dentro de si uma batalha muito mais importante, muito mais decisiva: entre a voz da aparência e a do coração, sem a menor dúvida, sem a menor indecisão, você escolheu a voz do coração.

Com a sua idade, eu provavelmente teria escolhido um cachorrinho fofo e elegante, teria escolhido o mais nobre, o mais perfumado, um cãozinho com o qual sair à rua para ser invejada. A minha insegurança, o ambiente em que fui criada já haviam me entregado à tirania das aparências.

21 de dezembro

De toda aquela longa vistoria no sótão ontem, acabei trazendo para baixo apenas o presépio e a forma de bolo que sobreviveu ao incêndio. Quanto ao presépio, você poderá dizer, tudo bem, estamos perto do Natal, mas por que a forma? Essa forma pertencia à minha avó, ou seja, à sua trisavó, e é o único objeto que sobrou de toda a história feminina da família. Depois de tanto tempo no sótão, ficou muito enferrujada; levei-a logo para a cozinha e, usando a mão boa e as esponjas apropriadas, procurei limpá-la na pia. Já pensou quantas vezes, durante a sua existência, ela entrou e saiu do forno, quantos fogões diferentes e cada vez mais modernos conheceu, quantas mãos diferentes, mas parecidas, a encheram com a massa? Trouxe-a comigo para deixá-la viver mais uma vez, para que você mesma a use e, quem sabe, a deixe de herança para suas filhas, para que na sua história de objeto humilde ela resuma e lembre a história das nossas gerações.

Logo que a vi no fundo do baú, eu me lembrei da última vez que nós duas ficamos à vontade juntas. Quando foi? Um ano atrás? Talvez um pouco mais. No começo da tarde, você tinha entrado no meu quarto sem bater. Eu estava descansando, deitada na cama, de mãos juntas sobre o peito. Ao me ver, você começou a chorar sem a menor cerimônia, e seus soluços acabaram por me acordar. "O que houve?", perguntei, me sentando. "O que aconteceu?" "É que você não vai demorar muito para morrer", você respondeu, caindo num pranto ainda mais desesperado. "Ora, ora. Talvez não seja tão logo assim, pelo menos espero", eu disse, rindo, e acrescentei: "Sabe de uma coisa? Vou lhe ensinar algo que eu sei fazer e você não. Assim, quando eu não estiver mais aqui, você também poderá fazê-lo e se lembrar de mim". Eu me levantei, e você veio me abraçar com força. "Então?", perguntei apressada para afastar a emoção que também tomava conta de mim, "o que quer que eu lhe ensine?" Enxugando as lágrimas, você ficou pensando um momento e disse: "Quero que me ensine a fazer uma torta". Descemos para a cozinha e nos entregamos a uma longa batalha. Antes de mais nada, você não queria pôr o avental, dizendo: "Se puser, depois vou ter de usar chinelos e bobes, que horror!" Na hora de bater as claras, logo se queixou de dor no pulso, ficou zangada porque a manteiga não se misturava direito com as gemas, porque o forno não ficava na temperatura certa. Ao lamber a colher de pau com que derretera o chocolate, fiquei com o nariz todo lambuzado. Você não se conteve e caiu na gargalhada. "Na sua idade", dizia, "deveria ficar envergonhada! Está com o nariz marrom, como um cachorro!"

Para preparar aquela torta relativamente simples, levamos a tarde inteira e transformamos a cozinha num verdadeiro caos. De repente, havia nascido entre nós uma grande leveza, uma alegria baseada na cumplicidade. Só quando a torta entrou no forno e você a viu ficar lentamente dourada é que se lembrou do motivo por que o fizemos e caiu mais uma vez no choro. Eu tentava consolá-la diante do fogão. "Não chore", repetia, "é claro que vou embora antes de você, mas mesmo quando já não estiver aqui continuarei presente, continuarei viva na sua memória com as boas lembranças. Você poderá olhar as árvores, o jardim, a horta e tornará a lembrar todos os bons momentos que passamos juntas. O mesmo acontecerá quando se sentar na minha poltrona, ou fizer a torta que lhe ensinei hoje e me vir de novo diante de você com o nariz marrom."

22 de dezembro

Hoje, depois do café da manhã, fui à sala e comecei a montar o presépio no lugar de sempre, perto da lareira. Antes de mais nada, ajeitei o papel verde, depois os pedacinhos de musgo seco, as palmeiras, a choupana com José e Maria, o boi e o burrico e a multidão de pastores espalhada em volta, as mulheres com os marrecos, os gaiteiros, os porcos, os pescadores, os galos e as galinhas, as ovelhas e os carneiros. Em volta da paisagem, prendi com fita adesiva o papel azul do céu. A estrela de Belém estava no bolso esquerdo do roupão, no direito ficaram os reis magos. Então me dirigi para o outro lado da sala e pendurei a estrela sobre o aparador; embaixo, um tanto afastados, coloquei os reis com sua caravana de camelos.

Está se lembrando? Quando menina, com aquela coerência furiosa tão típica das crianças, você não aceitava que a estrela e os reis ficassem desde o início perto do presépio. Deviam ficar longe e ir se aproximando pouco a pouco, a estrela na frente com a caravana a se guiar por ela. Do mesmo modo, você não suportava que o menino Jesus ficasse na manjedoura antes da hora, por isso o fazíamos descer lentamente do céu à meia-noite em ponto do dia 24. Enquanto ajeitava as ovelhas em suas verdes pastagens, eu me lembrei de outra coisa que você gostava de fazer com o presépio, uma brincadeira que você mesma inventara e de que jamais se cansava. Acho que você deve ter se inspirado na Páscoa. Na época da Páscoa, com efeito, eu tinha o hábito de esconder os ovos coloridos no jardim. No Natal, em vez dos ovos, você escondia as ovelhas — enquanto eu não estava vendo, tirava uma do rebanho e a escondia nos lugares mais imprevisíveis, chegava perto de mim e começava a balir com voz desesperada. Iniciava-se então a busca; eu deixava de lado o que estava fazendo e, com você atrás rindo e balindo, circulava pela casa dizendo: "Onde está você, ovelhinha perdida? Deixe-se encontrar para que eu possa salvá-la".

E agora, ovelhinha, onde está você? Está aí, enquanto escrevo, entre os coiotes e os cactos? Quando estiver lendo estas palavras, quase certamente já estará aqui, e as minhas coisas estarão no sótão. Será que a minha voz conseguiu salvá-la? Não tenho tamanha pretensão, talvez só tenha conseguido irritá-la, confirmando a ideia já péssima que você tinha de mim antes de partir. Talvez você só consiga me entender quando for mais velha, quando tiver percorrido aquele caminho misterioso que da intolerância leva à compaixão.

Compaixão, veja bem, e não pena. Se você sentir pena de mim, vou descer como aqueles fantasminhas maldosos para puxar o seu pé. E farei o mesmo se, em vez de humilde, você for modesta, se perder tempo com conversa fiada em vez de ficar calada. Lâmpadas vão explodir, pratos vão despencar das prateleiras, suas calcinhas vão acabar no lustre, desde a alvorada até as profundezas da noite não a deixarei em paz um só momento.

Mas não é verdade, não farei nada disso. Se eu estiver em algum lugar, se ainda tiver chance de vê-la, só ficarei triste, como sempre fico, ao ver uma vida jogada fora, uma vida em que o caminho do amor não conseguiu se cumprir. Cuide-se. Toda vez que, crescendo, tiver vontade de transformar as coisas erradas em coisas certas, lembre-se de que a primeira revolução a ser feita é aquela dentro de nós, a primeira e mais importante. Lutar por uma ideia sem ter uma ideia de si mesma é uma das coisas mais perigosas que alguém pode fazer.

Toda vez que se sentir confusa, perdida, pense nas árvores, lembre-se de como crescem. Não se esqueça de que uma árvore com muitos galhos e poucas raízes acaba sendo arrancada pela primeira ventania, ao passo que, numa árvore de muitas raízes e copa pequena, a seiva mal consegue escorrer. Raízes e ramos devem crescer na mesma medida; você precisa estar dentro e acima das coisas, pois só assim será capaz de oferecer sombra e abrigo, só assim poderá se cobrir, na estação certa, de flores e frutos.

E então, quando se abrirem vários caminhos e você não souber qual escolher, não tome um qualquer, tenha paciência e espere. Respire com a profundidade confiante com que respirou no dia em que veio ao mundo, não deixe que coisa alguma a distraia, espere e continue esperando. Fique parada, em silêncio, e ouça seu coração. Quando enfim ele falar, levante-se e vá aonde ele quiser levá-la.

Impresso no Brasil pelo Sistema Cameron da Divisão Gráfica da
DISTRIBUIDORA RECORD DE SERVIÇOS DE IMPRENSA S.A.